ナイスディール

町田哲也

一般社団法人金融財政事情研究会

目次

ディーラーになるための10のレッスン

1 ディーラーは電話の音でオーダーを聞き分けること

一〇〇億と一〇億の音は違う。

それは電話の着信音の表面的な違いじゃない。鳴り響くスピーカーの向こうから伝わってくる、張りつめた空気の違いだ。そういって丸山さんはよく腕を組んだ。

耳を澄まし、気配を感じ取れ。電話が鳴る寸前の、瞬きすらできない空気の重さを、お前は感じたことがあるか。騒々しい叫び声の合間から聞こえる小さな振動が、やがて熱を帯びかたちを変え、ただの数字の塊として迫ってくる。

一〇億の着信音だって悪くない。俺だったら、病院の待合室で看護師に呼ばれたときのように背筋が伸びる。あんな風に名前を呼ばれて振り返らない奴はいないだろう。同じことだ。着信音は二回も鳴らしてはならない。一回で対応するのが一〇億に対する誠意ってもんだ。

でもな。そういったところで、反応を探るように相手の目をじっと見つめるのが丸山さんの癖だった。

一〇〇億の緊張感っていうのはそんなもんじゃない。身構える間もなく、耳もとで名前をささやかれるようなもんだ。どんなに周りがうるさくても聞き逃さないのは、それが自分だけに向けられた音だからだ。世の中にどれだけ多くの電話があっても、自分しか応えられない。そういう種類の切実さだ。

そんな時は何回でも鳴らしておけ。慌てる必要はない。世界を決めるのはお前なんだから。

「いまいちわかるようでわからないんですよね、そういうのって」

俊也があくびをしながら大きく腕を広げると、

「ぼけ」

といって、隣から丸山さんが頭を叩いた。

「お前は集中力がないから稼げねえんだよ」

俊也は慌てて背筋を伸ばすと、苦笑いしながらキーボードに向かい直した。

稼げないっていうのはいい過ぎだよ。五億円分の社債の買取価格を営業担当者に返しながら、俊也は思った。

ディーリングチームでは、自分は丸山さんに次いで二番目に稼いでいるし、相場観の確かさでは誰にも負けないつもりだ。ただお酒が入ると、どうも頭がうまく回らなくなる。酔うと何でもよくなってしまう体質で、これを一般に酒が弱いというのかもしれない。

ディーリングで大事なのは、勝負の流れを作り出すタイミングを見きわめることだと俊也は思う。

だからこそディーラーはマーケットが開く前の準備に時間をかける。毎日睡眠をしっかりとるし、朝は誰もいない時間に出社する。自分のリズムを作ることが大事だとわかっているからこそ、飲みに行くのは最低限にしている。

飲み始めると長い丸山さんの相手をするのに気が進まないのは、自分のペースを保てなくなるからだ。そんなことは俊也が一番わかっているだけに、翌朝あくび一つせずにマーケットにのめり込む丸山さんの横顔を見ていると、自分に対する嫌気がどっと押し寄せてくる。

「あれだけ飲んで、よく何もなかったように朝から働けますね。眠くならないんですか？」

俊也が吐き気をこらえていうと、丸山さんは、

「何大げさなこといってんだよ。あんなの飲んだっていわねえだろ」

といって国債先物のモニターを見上げた。

「三時間くらいしか寝てないんでしょ？」

「それだけ寝れば十分。何年もディーラーやってれば、朝早く起きるなんて慣れるからな」

「僕は無理だなあ。一日六時間は寝ないと頭が働かない」

「お前、まだ三〇前だろ？」

「二九歳です」

「若いのにそんなおっさんみたいなことというな。好きかどうかの違いだよ。二日酔いなんかで頭を悩ませたくなければ、お前もうまい酒を知ることだね。酒がうまければ好きになる。好きになれば時間も気にならない。そのうち寝る必要もなくなるよ」

「はいはい、わかりました」

丸山さんは自分好みの考え方で、議論をどんどん進めていくことがある。いつもならもう少し話につきあうところだが、長い会話は二日酔いで疲弊した頭にガンガン響く。

適当に相槌を打って話を聞き流すと、俊也は次のオーダーに取り掛かった。五億円と三億円。またしても投資家の売りだ。二つの社債の買取価格を計算し終わると、もう一回時計を見て、まださっきから五分も経っていないことを確認した。

この日は、二日酔いには最悪の朝だった。

電気機器メーカーの決算をめぐる憶測で、相場が大きく動いていた。各社とも半導体関連の業績の悪化から、決算見通しを大幅に下方修正せざるをえないという。経済専門紙のそのような報道を見た瞬間に俊也を襲ったのは、相場に対する警戒感でも恐怖心でもなく強烈な吐き気だった。

株式市場は朝から全面安の展開になっていた。株価の下落が企業の借入れである社債市場にも波及するか。そんなことを丸山さんが営業チームと議論している間、俊也はトイレで自分の汚物が流れていくのを放心状態で眺めていた。

大手の投資家はみな、ひとまず売りから入ろうとしている。そんな市場の雰囲気を知ったのは、アシスタントの工藤さんが耳打ちしてくれたからだった。

「ちょっとあんた、大丈夫？　しっかりしてよ」

丸山さんがタバコ部屋に一服しに席を立つと、俊也は取引の合間にデスクに突っ伏した。マーケットが落ち着いた瞬間を見計らって、工藤さんが近づいてきた。

「すみません。昨日ちょっと飲みすぎちゃって」

「見ればわかるわよ。また弱いくせに、丸山さんと騒いでたんでしょ」

顔を上げると工藤さんの笑顔が、涙でにじんで見える。

「そんなに飲んだはずないんですけどね」

「あのペースに巻き込まれちゃってるのよ。敵の陣地で戦って相手にあわせるバカいないでしょ。自分の飲める量くらい、いい加減知っておきなさいよ」

「途中まではそのつもりだったんですけど、二軒目に行ってからが覚えてなくて」

「何話して盛り上がったんだか知らないけど、飲んだものも戻して、話した内容も覚えてないんだったら、行く意味ないんじゃないの？」

工藤さんの話はいつも正論で説得力がある。でもそんなことを、説教っぽくならないように話すところが好きだ。

工藤さんは、二リットルのペットボトルをコンビニの袋から出すと、栄養ドリンクと一緒に俊也に手渡した。

「まずはラクダみたいにたっぷりお水を飲んでから、これも飲んで。二日酔いにはすごく効くから」

「いいんですか？」

「タダじゃないわよ」

そういうと工藤さんは、俊也の頬をぴしゃりとひっぱたいた。俊也たちを説教するときにする仕草で、シャキッとしろ、というサインだ。

いつもの音に、後ろの席にいる二人の後輩が同時に振り返った。

「貸し一つよ」

「わかってますよ」

俊也の返事に大きな前歯を思いっきり見せてにこっとすると、工藤さんは自分の席に戻っていった。

工藤さんはチームのアシスタントで、もともとは派遣社員として働いていたらしい。チャームポイントは、笑うと目立つきれいな前歯と雨の日でも欠かさないミニスカートだ。年齢はよくわからない。まだ二〇代だという人もいれば、四〇代という噂もある。

普段は女性にしては低い声で話すが、外線電話が鳴ると一転して営業用の声に変わるのでお客さんの受けがすごくよい。わがままなディーラーたちが働きやすくなるように身の回りの世話をするのが仕事だが、ディールと関係ないところでもちょっとした気配りをしてくれるところが好きだった。

「あれ、塩崎さん、二日酔いっすか？」

俊也がペットボトルの水をがぶがぶ飲んでいると、後輩のコータローが椅子を寄せてきた。ディーリングチームは二列に分かれ、背中あわせに五人が座るように配置されている。

「まあな」

「あんまり飲みすぎないほうがいいっすよ」

お前のせいだろ。俊也はそういってやりたかったが、寸前で押しとどめたのは、言葉と一緒に胃のなかのものが出てきそうだったからだ。

コータローは俊也より入社が三年若く、今ではディーリングフロアの過半数を占める理系の大学院卒だ。何でも語尾に「す」をつける投げやりな話し方に加えて、特徴的なのはその外見だ。黒いＹシャツに太いベルト。これだけでも社内で見かけることはまずないスタイルだが、何よりも目を引くのがアフロヘアだ。大手町の名物といえるほどの存在になっている。

もとはといえばこいつが合コンの予定があるというので、俊也が身代わりになってやったのだ。にもかかわらず、ありがとうの一言もなく、にやにやと挨拶をしてくる。そんなところがコータローの憎めない理由でもあるのだが。

「まずいっすよ」

「どうした？」

「昨日の例の取引、オレの在庫から一億引いてくれるっていう約束だったじゃないすか？」

「そうしたはずだけど」

「塩崎さんの在庫とダブって入力されちゃってるらしくて、決済部から残高が合わないってクレーム来てますよ」

「一億くらいでガタガタいうなよ」

「そういってやってくださいよ」

俊也がポジションシートを見て保有している社債を確認すると、確かに前日取引した銘柄の残高が合わずにマイナスになっている。パソコンのモニターの横から顔を出

して、コータローもその事実を確認すると、

「ほらほらほら」

といって俊也を見た。

「マジかよ」

ディーラーをやっていると、決済のミスは何度経験しても心臓が止まりそうになる。

問題になっているのはどうしてもある投資家と取引したいという営業担当者の頼みに応じた赤字覚悟のディールで、担当であるコータローの代わりに俊也の在庫を使って取引するはずだった。チーム内の在庫の入り繰りの問題だから深刻ではないものの、決済部の嫌味を聞くのは気が引けてくる。

「俺から連絡しとくよ」

俊也がそういうと、コータローは、

「よろしくお願いしまっす」

といって自分の席に戻っていった。

「ちょっといいですか?」

俊也が内線電話の番号を調べていると、今度は山ちゃんが横に立っていることに気づいた。

「お前は何だよ」

「こんな時にいいにくいんですけど」

「こんなに忙しくて、やりきれない気分になってる俺に、どうしてもいいたいんだろ?」

「そういうわけじゃないですけど」

「いいよ。いえよ」

俊也の笑顔を見ると勢いづいたように、山ちゃんは、

「椅子のことなんです」

といった。

「イス?」

「はい。どうしても今使ってる椅子だと仕事に集中できなくて、新しいのに替えてもらいたいんです」

「そんなこと、工藤さんにいえよ。椅子くらい倉庫に置いてあるだろ」

「そういうことじゃなくて、もっと仕事がしやすいタイプに替えて欲しいんです。今の椅子だと、一日一〇時間も座っていると腰が痛くなります。一日の大半を座って過ごすのに、こんな座りにくい椅子ではクリエイティブな仕事はできません」

そういうと山ちゃんは、

「そもそもこの会社は、労働環境にお金を使わなさすぎです」

と続けた。

「わかるけど、そういうことは丸山さんに相談したほうがいいんじゃないか。チームヘッドは丸山さんなんだから」

「あの人にはいってもムダです。興味ないでしょうから」

山ちゃんはコータローの一年後輩で、ディーラーの投資判断をサポートするアナリストだ。すらっと背が高くて、メガネの似合う研究者タイプ。山ちゃんの企業分析を参考にして、ディーラーは投資判断を決定している。

「わかった。ちょっと考えるよ」

放っておくといくらでも話しそうな雰囲気だったので、俊也はいったん引き取った。納得いかないが、今は議論している場合ではない。

「よろしくお願いします」

俺は総務課長じゃないんだぞ、満足そうな山ちゃんの背中にそういってやりたかったが、業者間市場の取引を示す音が大きくなったので急いでモニターを確認した。

証券会社間の取引をつなぐ業者間市場のモニターからは、取引が成立する度にピーという発信音が鳴る。発信音の数だけ、マーケットのどこかで誰かが勝負に出ているということだ。立て続けに鳴り響く発信音は、ディーラーにとって戦闘態勢につけというのと同じ意味だ。

「今まで何億ビッドした？」

丸山さんが急いで席に戻ってくると、先物の動きを確認しながら訊いた。

ビッドというのは、投資家からの売りものを買い取ることだ。投資家はどんなディールでも、必ず三社以上の証券会社に引き合い、一番高いビッドプライス（買取価格）を提示した業者に売却する。それがこのマーケットのルールだ。

「まだ数億です。なるべくとらないようにしています」

俊也がパソコンで取引を確認すると、丸山さんは、

「相変わらず相場が崩れた時の逃げ足は速いな」

といって笑った。

「この売りの多さですからね。もう少し落ち着いてからじゃないと、気持ち悪くて手が出せませんよ」

「まだ買い手は出てこないか」

「さっぱりですね。きれいに売りばっかりです」

そういうと俊也は、その日の引合いのリストを丸山さんに示した。

ディーラーが投資家の売りものをビッドできるかどうかは、別の買い手を同時に探すことができるかどうかにかかっている。

他の証券会社に負けず、かつ投資家に転売して収益が残せそうな買取価格を探す。それがディーラーの難しさであり、醍醐味だった。

「しかし何で投資家って、みんな同じような動きをするんですかね？」

俊也がそういうと、丸山さんは、

「あいつらみんなアホだからな」

といって、肩叩きで首の辺りをごりごりともんだ。

「勝手に運用ルールを作って、それに従っていればパフォーマンスが出ると思い込んでる連中が多すぎるんだよ」

「ちょっとでも違う動きをすれば、儲けられるんですけどね」

「自分に自信がねえんだろ」

そういうと丸山さんは、

「小さなモグラなんて相手にするなよ」

と笑った。

ディーリングなんてモグラ叩きみたいなもんだ、というのは丸山さんの口癖だった。頭を出したモグラを叩くというのが基本的なルールだが、本当の能力はモグラが出てくるまでにどれだけ準備をしていたかが試される。

必要なときに十分なエネルギーを使って最大限の効果を実現する。時には体力を温存して何もしないこともある。大事なのは、適切なタイミングに意識を集中して思いっきりぶっ叩くことだ。

今俊也がしなければならないのは、売りの嵐から逃れ、いかに安くなったところで大きく買うかだ。それは丸山さんも考えているはずだった。

「お前が相手にしなきゃいけないのは、アホな連中の売りものじゃねえぞ」

「わかってますよ。でかい獲物を逃すな、でしょ?」

丸山さんは俊也の言葉にうなずくと、

「でっかい象を仕留めろよ」

といった。

こういう世界の中心に立ったような丸山さんのセリフが好きだ。二日酔いの頭だって、とらなきゃいけないディールくらい判断がつく。俊也は、あくびをかみ殺しながら八億円分の社債の買取価格を返した。

ディーリングチームでは、基本的に売買のスタンスは担当である各ディーラーが決定し、丸山さんは担当者たちを統括する立場にある。その意味で丸山さんはマネージャーの立場といえるが、自分でも何かのリスクをとらないと気が済まないタイプだった。

気づくと営業チームの熊さんが、

「来たぞ」

といって俊也のキーボードの上にメモを置いている。

E電機四〇億売り。

メモに書いてある注文を俊也が見ると、同時に丸山さんが、

「ほほう」

といって隣から覗き込んだ。

「中ぐらいの象ってところか」

売り手はある信託銀行。相場の転換点では、何かとアクションを起こすのが速いことで知られる投資家だ。

「この客とは最近取引できてないから頼むぞ」

熊さんは、そう一言だけ残すと、自分の名前を呼ぶ声に返事をしながら席に戻っていった。

俊也はパソコンに銘柄コードを入力し、じっと目の前に置かれたメモを見た。胸が高鳴ってくる。こういう時はどんなにうるさくても周囲の雑音が耳に入らなくなる。決済部も古い椅子も二日酔いも全部後回しだ。俊也が一番、興奮する瞬間だ。自分の出すプライスが、今後の相場を方向づける可能性がある。特に相場の転換点での大きな注文には緊張が走る。そんなディールには絶対に負けたくはない。気がつくと、業者間市場のモニターにも、同じ銘柄のオーダーが出始めていた。

証券会社のディーラーが、他社の考えを探るのによくやる手法だ。わざと安い売りものを業者間で示して、値段を押し下げたところで買いに動く業者もいれば、本当に売りたいという場合もある。

これは本当の売りか、それともただの探りか。こいつらはいったいどんなシナリオを描いているのか。

ＪＧＢ＋〇・六〇％（単価：一〇一円五八銭）

そう入力してから俊也は、この価格に他の投資家がどんな反応をするか考えてみた。

もしかしたらこのプライスを見て、他の投資家もいっせいに売りを出してくるかもしれない。その場合、他の証券会社はどう出てくるか。しかし一番大事なのは、自分がこの社債を欲しいかどうかだ。

ＪＧＢ＋〇・六五％（単価：一〇一円三〇銭）

一瞬間を置いてから、ビッドプライスを下げて隣を見ると、丸山さんが、

「シビレルねえ」

といって、ペットボトルの水を一口飲んだ。

気づくとコータローと山ちゃんも、俊也のパソコンを後ろから覗き込んでいる。

事業会社の発行する社債は、マーケットではJGB（日本国債）に対する上乗せ金利でプライシングされる。上乗せ金利が大きく求められる社債ほど信用力の劣る債券ということで価格は下がるし、小さければその分、最も安全な債券である国債の値段に近づく。

俊也の提示したプライスは、前日の終値に〇・〇五％の上乗せを要求する水準、つまり単価でいうと二八銭下だった。

「出たか？」

熊さんが反応を聞きに来ると、俊也は、

「これでお願いします」

といってプライスを返した。

後は営業担当者が、正式な買取価格として投資家に返答するだけだ。

熊さんは、国内の大手金融機関をいくつか担当する若手のリーダーのような存在だ。熊谷というのが本当の苗字だが、クマのような大きな背中とお腹を抱えてディーリングフロアを走り回るので熊さんと呼ばれている。

童顔にちょっと生えた無精ひげがトレードマークで、機関投資家からよく注文を持ってくるのでディーラーからも信頼が厚かった。

「読みはあるの?」

熊さんが席に戻ると、丸山さんが肩叩きを両手に持って、試すように訊いた。

「今回は逃げます。もう少し強いビッドが他社から出ると思います」

「いいのかなあ。過去の取引価格からすると、かなり安いっすよ」

二人の会話に興味を示したコータローが、いきなり割って入ってきた。

「そんなことはわかってるけど、ディーリングは値段だけじゃないんだよ。これだけ売りが続けば、まだ流れが変わるには時間がかかることくらいわかるだろ」

丸山さんにも聞こえるように俊也が説明すると、コータローは、

「そろそろガツンといっちゃっていいと思うんすけどね」

といって首をかしげた。

「俺だって買いたくないとはいわないよ。ただ今すぐ買いそうな投資家がいるか？」

「いませんよ。だから安いんじゃないすか」

そういうとコータローは、不満気な顔を隠そうともせずに席に戻っていった。

コータローはいつもこの調子だ。人懐っこいお調子者だが、マーケットになるととことん突き詰めなければ気が済まないタイプ。慎重な山ちゃんと気が合うのが不思議で仕方がない。

「まあ、あの値段じゃ負けだろうな」

「このマーケットの様子だと、まだまだ売りものが続くと思います」

「もう少し落ち着くまで様子見ってところか」

そういうと丸山さんは、いかにも自分だったらそんなプライス返さないのにな、といいた気な顔をしてモニターを見上げると、

「食らえ」

といって、今度は先物を一〇億売った。

丸山さんはディールをするとき、「食らえ」と叫ぶ癖があるのでアクションがわかりやすい。腕まくりをして「やべっ」とか「ま、いっか」とかいって売買している姿

は、遠くから見ているとゲームセンターにいるようだった。

丸山さんのトレードマークは、どんなときでも欠かさない蝶ネクタイとサスペンダーだ。身長は一七〇センチなので俊也より少し低いくらい。米国人のようながっしりした身体も貫禄ある太っ腹もないのに堂々と見えてしまうのは、ディーラーとしての実績が申し分ないからだろうか。

仕事の進め方にきめ細かさがあるわけでも親身になって後輩の相談に乗ってくれるわけでもない丸山さんが後輩から好かれるのは、マーケットに対して真摯な姿勢を持っているからだと思う。誰よりもディールが好きなのは、取引がないときでもフロアをうろついている姿からわかる。

俊也の判断はこうだった。決算が悪くなる以上、収益性の悪化は将来の利払い能力に影響してくる。少なくとも前日よりプライスが低くなることは避けられない。企業の信用力はある程度高いので暴落することはないが、かといって割安でもない。

「要するに、今慌てて買う必要はないということです」

「まだまだ安く買えるチャンスはある、か?」

「いいですか?」

「俺がダメっていっても変える気ねえだろ」

俊也が笑ってうなずくと、丸山さんは椅子から立ち上がり、

「本当に教え甲斐がない後輩だね」

というと、コータローを追いかけていった。

別の大きな売りものがあって、そちらに興味が移ったようだった。

丸山さんはよく強気なことをいって周囲を驚かせることがあるので、その点は割り引いて接しなければならない。どんなときもチャンスだといって攻撃的な姿勢をとるが、誰かがブレーキをかけてくれることを望んでいる風だった。それが今ではディーリングチームの次席である俊也の役割で、自分の立場をいつからか意識するようになっていた。

「ダメだ、五社中四番目らしいぞ」

熊さんががっかりしたように寄ってくると、俊也は、

「えっ？」

と驚き、丸山さんが急いで戻ってきて、

「ほほう」

と反応した。

「もう少しいい値段出せるか？」

売り手との電話はまだつながっている。

「トップとはどれくらい離れていそうですか？」

「お客さんも怒って教えてくれないよ。あの調子だと少しの違いじゃないぞ」

「そうですか」

しばらく考え込む俊也の表情に熊さんはこれ以上交渉しても無駄だと感じ取ったらしく、

「次は頼むぞ」

とだけいい残して自分の席に走っていった。

後ろの席では、コータローが欲しいディールがとれたのか、

「よっしゃー」

と叫び、その隣では山ちゃんが、

「そんなところですかね」

と分析していた。

勝負から逃げたいときにいかにいい負け方ができるかで、ディーラーの能力がわかるという。五社中四番という結果がいかにも自分の能力のなさを表しているようで、俊也はどこかにいいわけを探したい気分だった。

「何でこんなにしっかりしてるんでしょうね」

俊也がそういった瞬間、業者間のモニターが点滅した。

Ｅ電機が買われていた。

引き合われた銘柄と同じ社債が、ＪＧＢ＋〇・六〇％で買われている。俊也が修正する前のプライスだ。

「えっ？」

そういいかけて俊也が隣を見ると、丸山さんがニヤニヤしてキーボードを叩いていた。

「ナイスディール」

気持ちのいいディールが決まると、丸山さんはそう叫ぶ癖があった。受話器を左肩に持ち替えながら俊也のほうをちらっと振り向くと、

「俺が買っちゃったよ」

といって小さく舌を出した。

2

ディーラーは夢を語るな。目の前の現実を材料に売買すること

丸山さんが証券会社に入社したのは、俊也より六年前だった。入社後地方の営業店を何年か経験してからディーラーになった経歴は今のチームでは珍しく、入社以来一貫してディーラーをしている俊也たちのことを、何かにつけて「純粋培養ディーラー」と呼んだ。

お前らはお客さんのことをわかってないからな。そういわれると、俊也は自分の経験のなさに引け目を感じるのも確かだが、足りない部分もふまえて対等に接してくれる丸山さんが好きだった。

丸山さんは絶対に、後輩を見下すようなことをしなかった。むしろ思い切り背伸びさせて、対等に接しようと努めている風だった。甘やかしもしなければ、頭ごなしに怒ることもない。

しかし逆に上司とは、ことあるごとにぶつかっていた。何でジジイは過去の慣習に

ばかりとらわれているのか。自分の考えで判断することをやめた人間はバカだと。そういう丸山さんが、なぜ自分に目をかけてくれるのか。俊也は先輩ディーラーに対する敬意を持つ一方で、不思議に思う気持ちが強いのも事実だった。

結局その日は、電機セクターだけで三〇〇億円近いオーダーがあった。来る注文はほとんど売りばかりで、その意味では俊也の判断に間違いはなかった。

ただ意外にも相場はしっかりしていて、後場もそれほど大きく崩れなかった。逆に安く買うタイミングもなく、いつまで経ってもビッドしない俊也に対して営業チームからの不満が強かった。

そんなときには、見えないところで投資家が動いていると考えるのがマーケットの鉄則だ。午後三時になって場が引けると、俊也たちはみんなで向き合って座り、コーヒーを飲みながら一日の動きを確認した。他の部署の人たちからは、おやつタイムとバカにされるが、意見交換にはちょうどよい。

山ちゃんがチーム全体の一日の売買を簡単に報告すると、すかさずコータローが、

「本当にあの銀行が買いに動いてるんすかね？」

といって俊也を見た。

「そんなはずないと思うな」

「メガバンクが買ってるっていう話っすよね」

「どこの情報か知らないけど、それは怪しいね。あいつら、最近まで売ってたから」

俊也がコーヒーにミルクを入れながら、

「熊さんの意見も否定的でしたよね」

と話を向けると、丸山さんもうなずきながらオロナミンCを一口飲んだ。

「彼らだってバカじゃないです。ボクもいつ日銀が利上げするかわからない今のような局面で、動くわけないと思います」

山ちゃんが取引データを見ながらそういってクッキーをかじると、コータローが、

「少なくともこんなに早く決断できないよな」

といってインターネットでニュースを確認しながらコーラを飲んだ。

マーケットは心理戦だ。店頭の取引データや営業担当者を通じて入ってくるマーケットの噂、分刻みで報道されるニュースを材料に、相場の動きを予想する。ほとんどの場合が裏をとることのできない情報ばかりだが、一つの情報の違いが億単位の収益格差につながる。それがわかっているだけに、どんなに信憑性の低い情報でも無下

にすることはできなかった。

「あいつらじゃなければ誰だろうな」

丸山さんはゆっくりと目薬を数滴さすとデスクに手を伸ばし、

「ちょっと探りを入れてみるか」

といって何件かメールを送った。

ディーラーに癖があるように、ファンドマネージャーが相場を読み、売買をするにも癖がある。丸山さんはメガバンクや年金ファンド、生命保険会社などのファンドマネージャーと個別に連絡を取り合う仲で、何人かに訊いてみるようだった。

マーケットの関心は、二週間後に予定される日銀の金融政策決定会合で、ほぼ五年ぶりとなる利上げが実現するかどうかに集中していた。

米国に始まる金利上昇は欧州から日本につながり、世界的な動きになりつつあった。そんなタイミングで、投資家は日本の電機セクターに興味を感じていない。それが丸山さんがヒアリングして得られた感触だった。

「まあ、とりあえず」

そういって丸山さんは、もう一度売りに出された銘柄に目を通すと、

「明日安めに売って投資家の反応を見てみるか」

といってモニターから目を離した。

どうやら、今考えても仕方がないとあきらめたようだった。

ディーラーの仕事は取引時間中だけではない。おやつタイムが終わると、各自デスクで黙々と作業だ。取引伝票の確認、ディールで発生した損益の算出、オファーシートという投資家へ提示する保有債券一覧表の作成と通常業務が進んでいく。

特に取引伝票を一つひとつ取引データと突き合わせていく作業は、その日の自分に点数をつけられているようだ。今日のようにディールが少ない日には、気が滅入る業務の一つだった。

「で、お前その女の子にいつ会いに行くんだよ？」

丸山さんが俊也にそう訊いたのは、乱雑に書きなぐられた取引伝票に営業担当者の不満そうな顔を重ねているときだった。

訊かれていることは何となくわかったが、俊也は、

「えっ？」

と返すと、ちょっと間を置いてからとぼけるように、

「ああ、彼女の件ですか」

と答えた。

「ああ、じゃねえよ」

丸山さんは俊也の口調をまねると、

「その彼女以外にお前が会うような女はいねえだろ」

と続けた。

丸山さんはいつもこうやって突然攻め込んでくる。身構える間もなく話題に入ってくる感じが、俊也も嫌いではなかった。

「再来週くらいかなと思ってるんですけどね」

「ずいぶん先だな。昔の彼女だとさすがに緊張するか」

「別にそんなんじゃないですけど、用事があってなかなかタイミングがあわないんです」

「会わないほうがいいかもしれないな」

「どうしてですか？」

「幻滅するからだよ。女は思い出のなかが一番かわいいってよくいうだろ？」

「そうですかね」

俊也は二週間前、四ッ谷の交差点で偶然会ったミキの顔を思い浮かべた。

それはある投資家との会食の帰り道、先輩と別れてタクシーを拾おうと駅前の交差点で手をあげたときだった。

点滅する信号を前に駅に急ぐ彼女は、終電があるから今は落ち着いて話せないといった。もし可能ならあらためて時間を作ってくれないか。そういって渡された携帯の番号に電話したのが、久しぶりの再会のきっかけだった。

あまりにも突然のことだったので、昔のミキとの変化を思い出すことはできなかった。ただ落ち着いた話し方と相手を覗き込むような瞳に、変わらない気の強さを想像しただけだった。

「少なくとも昔のままじゃねえだろうな」

「もしかしたら、優しい女の子に変わってるかもしれないじゃないですか」

「自分勝手な期待だな」

「もう一度やり直したいとか」

「別れて一〇年も経ってからか？」

「やっぱり自分が間違ってたとか」

「そんなに素直な性格だったか？　どうせお前の心ない態度がその子を傷つけたんだろ」

「それだけじゃないですけど」

「女っていうのはな、別れた男より」

「次の日の朝飯のほうが大事だっていうんでしょ。もう何回も聞いてますよ」

俊也の反応に笑顔を見せると、丸山さんはキーボードを打つ手を止めて、

「そういわずに、実体験に基づく先輩の忠告は大事にしろよ」

といった。

丸山さんの女性論は、たいてい昔つきあったという彼女との経験がベースになっている。大学時代のサークルの後輩に当たるその女性は、丸山さんが証券会社に入社して、九州のある支店に配属が決まったのを機に一気に熱が冷めたという。

東京育ちとはいえ彼女のあまりの変化に、女性がいかに現実的な存在かを学んだというのは、丸山さんから何度も聞かされている話だった。

ミキとの関係が続かなかったのは、ほかでもない俊也に非があるのは事実だった。

俊也は二人が幼なじみで昔から面識があったこと、彼女が一つ下の学年でアポリネールの詩が好きだったこと、身体が細く、どちらかというとスカートよりパンツのほうが似合うことについては話したが、彼女に対する自分の気持ちについては黙っていた。

どんなに仲が良いとはいえ、会社の先輩後輩の関係にこみいったことを持ち込むのは気が引けたからだった。

丸山さんは一日の損益の計算を済ませるとM&Mチョコレートの袋を開け、一粒ずつ口に運びながら、

「どう思う？　こいつら」

といってモニターを指差した。

インターネットでは、一〇〇〇億円近い資金を市場で調達したあるベンチャー企業を特集した記事が流れていた。

「おっ、またこいつですか」

コータローが丸山さんの質問に割り込んでくると、

「しっかし、いい服着てるよな」

といった。

「プラダのジャケットをTシャツの上に着ちゃってさ。グッチのサングラスに、靴はトッズかよ」

「何だか羽振りよさそうですね」

コータローの声に、いつの間にか山ちゃんも会話に寄ってきた。誰かの声がするとすぐに集まってくるこのチームの雰囲気が、俊也は好きだった。

「この国にいて一〇〇〇億円持ってたら、たいていのことはできるからな」

「これだけの金を何に使うか考えてみたいっすよ」

「そういうけどさ、本人は大変だと思うよ。実力も定まってないのに、稼ぎ続けなきゃいけないレースに参加しちゃったんだから」

そういうと丸山さんは、ビジネスの根幹も定まらない新興企業が、資金調達には成功したものの本業では成果を残せずに終わった例が少なくないと指摘した。

たいていの場合は使いみちのなくなった資金を用いて、手っ取り早く収益をあげるために企業買収に走る。ただし見込みどおりに収益化できるかどうかは別だ。

「買いかな」

丸山さんがそういうと、コータローが誰よりも先に、

「いや、売りでしょ」

と返して、自分の椅子を引いてきた。

「このうさん臭さには一円たりとも出せませんね」

ディーラーをしていると、瞬時に投資対象に対する判断を求められる。目の前の銘柄は売りか買いか。丸山さんといると、ディーリングに限らず、昼の弁当、上司のネクタイ、受付嬢の化粧など、あらゆるものの判断を売買にたとえて瞬時に下すゲームをすることがあった。

理由はともかく、儲かるかどうかという匂いを嗅ぎ分けられるかが重要なんだよ。丸山さんは、ことあるごとにもっと物ごとを観察しろといい、誰であれ瞬時に判断できないと容赦なく缶コーヒーをおごらされた。

「意外だな。コータローは売りか?」

「間違いなく。独立支援とか再生投資とかいってますけど、ケッキョク企業の分裂を利用して稼いでるだけじゃないすか。ビジネスとしての実体が希薄な企業は長続きしない。これは鉄則っすよ」

「正論だな。山ちゃんは?」

「売りです。というか、ボク、この人があまり好きじゃないです。いうことに現実味がないですし」

「そう、うさん臭いんだろ」

「まあ、そうですね」

コータローの言葉に少し考えてから同意すると、山ちゃんは、

「儲かりそうな会社の匂いを嗅ぎ分ける能力はあるんでしょうけど、友だちになれそうな気がしないです」

といって遠慮がちに丸山さんを見た。

「不思議なのは、そのうさん臭い会社の株を買う投資家もたくさんいるっていうことなんだけどな」

「そうっすけど」

コータローは言葉を選ぶようにして一瞬考えると、

「どうしても信用できないんすよね」

といって、画面に映し出された青年社長の顔を見た。

米国の大学院に留学した経歴があるというその社長に特徴的だったのは、インタビュアーを見つめる大きな目だった。一八〇センチはあるという大きな身体から覗き込むようにして記者の質問を聞き、一つひとつ言葉を吐き出していく。自信がにじみ出るような顔つきの一方で、慎重に言葉を選ぶように話す姿勢が妙に不釣合いに思えた。

「いうことは新しいかもしれないし真面目そうにも見えますけど、オレが一番気になるのは、何をやろうとしているのかさっぱり見えてこないことなんすよ」

「そうそう、企業の使命は終わったなんていってますけど、ちゃっかり自分は東証に上場しておいて、企業が終わった後で何が出てくるのかっていうビジョンもいわないです」

「腐った企業を変えたいんだろ」

丸山さんがそういうと、コータローが、

「それは単なる手段でしょ？　企業を変えるのはいいっすけど、最終的にどんな姿を実現したいのかが見えないんすよ」

といい返した。

「取締役会なしの企業経営とか、従業員中心の企業成長とか、いうことは斬新なんですけどね」

「それだけじゃ信用できないか？」

丸山さんの問いにうなずくと、山ちゃんは、

「お題目はいいから中身が知りたいんです」

といった。

蒔田雄一郎がＣＥＯを務めるスパイスクルーズは、インターネット関連のいくつかの事業に加えて、企業の独立支援をビジネスの柱にしていた。企業に出資して再生支援を行うという点では再生ファンドのような位置づけといえるが、特徴的なのは労働組合への接点を通じて企業へアプローチする点にあった。

蒔田はこれからの企業に経営者はいらないといった。株主は、もはや企業経営上の重要な利害関係者ではない。彼らは結局のところ、従業員の利益を損なうことでしか存在しない。

企業は従業員のためにこそ最大の貢献をするべきであり、そのために従業員の代表を取締役にするべきである。留学時に、欧米企業の一部で採用されているということの

ような制度の存在を知った蒔田は、日本企業も実践するべきだといった。

スパイスクルーズは労働組合と共同で企業に出資し、組合の代表を取締役として企業に送り込んだ。事業の分離や部門の独立といった手法も用いながら、最終的には配当を得ることで出資金を回収する。それがスパイスクルーズのビジネスモデルだった。

「俊也はどう思う?」

「僕はあまり興味ないですけど、目立たない奴だったんですよね、こいつ」

「塩崎さん、蒔田のこと知ってるんですか?」

「大学の同級生でね、たしか語学が同じクラスだったんだけど、話したことなんて数回しかなかったな」

「昔からこんなにカッコよかったの?」

いつの間にか会話に参加していた工藤さんが訊いた。

「カッコいいですか?」

「めちゃめちゃカッコいいじゃない。クールだし、オシャレだし、金持ちで優しそうだし」

「どうかと思いますよ」

山ちゃんの憮然とした表情に工藤さんがいい返そうとすると、コータローが先に、

「金があると、男は三倍カッコよく見えるんすよね」

といってため息をついた。

「いや、それも覚えてないくらい存在感の薄い奴だったんですよ」

「みんなの輪に入れないタイプ？」

「僕自身もきちんと大学に通ってなかったから、実際のところはよくわからないな。学校の授業以外で何やってたかもぜんぜん知らないし」

俊也の記憶にはほとんど残っていなかったが、以前大学の同級生と飲みに行った時に同じ話題になったので蒔田のことは認識していた。

「まだ売りか買いかっていう判断はつかないんですけど、筋の悪い株の買占めと何が違うんだっていわれると、あまり変わらないような気がしますね」

俊也のそんな言葉に、丸山さんは、

「いきなり株主になりましたって出てきて、配当を増やせって騒ぎ立てて、株を高く買い戻させる。それだけなら確かに企業の利益を吸い取るだけだ」

といった。

「似たようなもんじゃないですか?」

「経営者の経営手法に疑問を投げかけるのは同じだけど、他のファンドと違うのは、従業員の立場から企業を立て直すっていう考え方に立っているところだ」

「そうそう、オレもそこがよくわからないんすよ。労働組合のいうことなんて聞いてたら、リストラも思い切りできないし、経営が非効率になるだけじゃないすか」

コータローの言葉を否定するように手をふると、

「俺は逆にそこがうまいと思うんだよ」

といって、丸山さんはチョコレートの袋を置いた。

「あえて古くさい手法を使うことで、社内での自分たちの基盤を強化しようとしているように見える。従業員の利益を代弁しているっていう構図を作るところは、本当かどうかは別にしてもただの買収ファンドとは違うところだと思うんだ」

「それが狙いだっていうことっすか?」

「おそらくな。少なくとも蒔田が、いろんなファンドの失敗をよく研究しているっていうことは事実だよ」

「丸山さんは買いですか？」

「そうだなあ」

俊也の問いに答えると、丸山さんはオロナミンCを飲み干してふたを閉めた。

丸山さんは場が引けると、よくチョコレートを食べながら栄養ドリンクを飲んでいた。そうすると仕事の疲れがとれるらしく、パソコンのモニターの下にはいつも空の瓶が何本も並べてあった。

「俺がこいつらを評価するのは、とことんバカなところなんだ」

「バカなところ？」

「ああ。経営者が従業員のことを考えていないなんていう話は昔からよくあるけど、自分で出資までして変えてやろうっていい出すバカはいなかっただろ。しかも自分が働いている会社ですらない他社の話だ。誰もがおかしいと思っていても、しがらみがあって行動できないことはたくさんある。バカはバカでも、行動するバカは貴重だと思うね」

「こいつらが騒ぐだけで何か変わりますか？」

「確かに一人じゃ無理だな。周りも変わっていかないと。力ずくで変えるために一〇〇〇億円を使うっていうのであれば、意見を聞く価値はあると思うね」

そういうと丸山さんは、黙ってモニターを見た。

ディーラーは夢を評価するんじゃない。目の前の現実を見て判断するんだ。それはほかでもない、丸山さんの口癖だった。どんなに将来性のある会社でも、そんなことを評価するのはアナリストの仕事だと。市場で大事なのは、今日貸した金を明日きちんと返してくれるかだ。信用こそがプライスであり、投資判断は資金の返済能力にある。

どんな可能性を秘めたビジネスモデルを持っていても、返す見込みのない金は出さない。一方で、経営者の能力が疑わしい会社でも確実性に見合った利回りが得られるのであれば思い切り買う。それがディーラーとしての基本的なスタンスだった。

そんな姿勢とどう考えても折合いがつきそうにないのが蒔田雄一郎だと認識しているからこそ、丸山さんは何もいえなくなっているに違いなかった。

結局その晩は、どうしてもという丸山さんの誘いにつきあって、四人で飲みに行くことになった。

工藤さんも誘ったが、連続ドラマの最終回があるからといって断られた。当日になって誘ったからといって気分を害するような人ではないから、本当にドラマが気になるのだろう。

「彼女とは仲直りできたのかよ?」

そんなコータローの問いに山ちゃんが、

「どうにか話はできるようになりました」

と答えるところから、居酒屋での会話は始まった。

山ちゃんは、つきあってる彼女にいきなり別れ話を持ち出されていた。前日に彼女と久しぶりに会ったということで、乾杯をするなりその内容にコータローの質問が集中した。

「我慢してつきあう必要なんてないんだぜ。そんなことしても続くわけねーよ。別れたいっていう理由があっちにあったんだろ?」

「理由っていっても」

「つき合って二年だろ?」

「二年半です」

「それだけつきあって、別れは何となくじゃ、ふざけんなって感じじゃねーか。少なくとも、きっかけみたいなものはあったんだろ？」

「それがボクもわからなくて、何となくなんですよね」

「勝手な話だな。要するに飽きたってことか、山ちゃんに」

「そういわれてしまうと、否定できないですけど」

「おいおい、それで納得できるのかよ？」

「納得はできないですけど、昨日はちょっとだけ普通の状態に戻れたんで、落ち着きました」

「そんなんで満足してどうすんだよ。元に戻れたわけじゃないだろ？」

「それはまだわからないです。ボクもびっくりしてばっかりだったから。でも彼女の気持ちもわかったし。ゆっくり話もできたんで安心しました」

「何いってんだよ」

コータローはアフロの頭をポリポリかくと、

「塩崎さんからも何かいってやってくださいよ」

といって俊也を見た。

そういわれても、恋愛に対して求めているものは人によってそれぞれ違う。

山ちゃんが彼女に求めているのは一緒にいることの安心感のようなもので、その先に要求するものがない。それがコータローには不満で仕方がないらしく、会話が至るところでかみ合わないのがもどかしかった。

「山ちゃんがそういってるんだから、いいんじゃないかなあ」

「そんなの無責任すよ。恋愛なんて相手との交渉ごとじゃないですか。弱いところ見せてたら、ゼッタイいいことないっすよ」

「ボクはそんな風に考えられませんね。何かを奪ったら勝ちっていうわけじゃないし」

「でも山ちゃんだって、彼女の気持ちはこっちに向かせたいだろ?」

「それで彼女が幸せならいいですけど」

「お前とつきあったほうが幸せだと思わないのかよ」

「押しつけたくないですし」

はっきりしない山ちゃんにコータローがいい返そうとすると、丸山さんが、

「まあ、いいじゃないか。山ちゃんも今は彼女について考えているところなんだから」

といったので、ひとまず出かかった言葉を飲み込んだかたちになった。

チームのみんなで飲みに行くときは、たいていディールの話かそれぞれのプライベートな話題を共有する。たわいもない話から悩みごとの相談まで話せばきりがないが、誰であれ遠慮しないでいいたいことをいうというのが基本的なルールだ。

山ちゃんはコータローが何かいう度に顔をしかめるようになっていたが、丸山さんが話題を蒔田雄一郎に移すと、二人の意見はぴったり一致するのが面白かった。

話の中心は、スパイスクルーズと証券会社の違いについてだった。コータローはスパイスクルーズの虚業のほうが罪深いといい、丸山さんは証券会社の虚業こそ際限がないといった。山ちゃんは、従業員のためといいながら企業を食い物にする蒔田雄一郎は詐欺に近いといったが、丸山さんにとってはそんな企業もビジネスチャンスに変えてしまう証券会社よりよっぽど純粋なのではないかとのことだった。

「一番計算高いのは俺たち証券会社だよ」

そういうと丸山さんはタバコをテーブルに置き、店員に手を上げて灰皿を頼んだ。

「でもそれが嫌なわけじゃないんでしょ」

「もちろん、嫌ならとっくに辞めてるよ。俺たちの仕事なんて、金の流れを探し出すのに朝から晩まであくせく走り回ってるようなもんだからな」

「そう、見つかったらそこにどっと押し寄せてサヤを抜く」

俊也の言葉に丸山さんは笑うと、

「俺も何だかんだいって、こんなことずっとやり続けるんだろうな」

といってポケットの携帯電話を確認した。

会話が途切れると、俊也はふと、

「丸山さんは何でこの会社で働いているんですか？」

と訊いてみた。

「何でって」

丸山さんは、当たり前なこと訊くなよ、という表情をして携帯から目を上げると、

「そりゃ、この会社で雇われたからだよ」

といってタバコに火をつけた。

「そういう意味じゃなくて、丸山さんだったら別にうちの会社じゃなくても、もっと高い給料でいくらでも誘いがあるじゃないですか」

「そんなに簡単じゃねえよ」

「そうなんすか？」

「どの会社に行ったって、気の合う上司もいれば、むかつく奴もいる。給料に少しは違いがあるかもしれねえけど、職場環境なんてどこも一緒だからな」

「オレだったら、ゼッタイ転職しますけどね」

コータローが、なあといって山ちゃんにふると、山ちゃんは、

「お金だけじゃ決められないですけど、丸山さんだったらどこでも通用しますよ」

といってうなずいた。

俊也も丸山さんの弱気そうな反応が意外で、何といっていいのかわからなくて、

「そんなもんですかね」

と繰り返してみた。

俊也は、丸山さんほどマーケットのプロという言葉が似合う人間に会ったことがない。単に知識が豊富だとか、経験が長いということではない。マーケットは心理戦だ。海千山千のディーラーや投資家の裏をかき、石ころの山のなかからダイヤモンドを探し出す。

ここは結果として残した数字だけがすべての世界だ。電話で相手を怒鳴り散らして

は膨大な資料に目を通す丸山さんを見ていると、自分の腕一つで稼ぐという言葉がぴったりな気がした。

四人は店を出ると、自然と銀座の方向にタクシーを拾った。しかしあいにくこの日に限って、どこの店も客がいっぱいで入れない。

「たまには公園でも行くか」

丸山さんのそんな言葉に近くのコンビニに寄って飲み物を買うと、日比谷公園の噴水に腰を下ろした。丸山さんは途中で甘栗を買い、歩きながら皮をむいていた。

久しぶりに長く歩いたので、身体が汗ばんでいる。時々風に乗って飛んでくる噴水のしぶきが気持ちよくて、俊也は東京にも夏がすぐ近くまで来ていることを感じた。

とりあえず酎ハイとジャワティーで乾杯すると、山ちゃんに彼女からメールが来て、それを見せろというコータローと二人で芝生のほうに行ってしまった。

二人を見ながら丸山さんは上着を脱ぐと、

「どの会社に行っても変わらないんだったらさ」

といって話を戻した。

「いつ会社を辞めてもいいように、鍛えておくしかないんだよな。ディーラーなんて、会社で評価される以上にマーケットで評価されるしかないんだから」

丸山さんのいい方にしんみりとした説得力があったので、俊也は、

「確かにね」

といってしばらく手もとを見つめる丸山さんを見ていたが、もう少し話の続きが聞きたい気がして、

「丸山さんは実際に辞めたいと思ったことはないんですか？」

と訊いてみた。

「あるに決まってるだろ。何年働いてると思ってるんだよ」

「一二年でしょ」

「さすがにこれだけ働いてると、別のレーンに乗り換えたくもなるぞ」

「どうして思いとどまったんですか？」

俊也が訊くと、丸山さんは栗の皮をむきながら、

「けりがつかないんだよ」

といった。

「けり、ですか？」

「ああ。俺も最初は適当にキャリア積んで金稼いで、あとは別の会社にでも転職すればいいと思ってた。でも毎月の実績を見ていると不思議とそんな気持ちはなくなっちゃうんだ。あの時こうしておけばもっといいディールができたんじゃないかって反省ばっかりでさ。それはお前もわかるだろ」

丸山さんの言葉に俊也はうなずいたが、実際に頭に浮かんだのは、広いディーリングフロアの光景だった。

巨額の金がうごめき、セールスの怒鳴り声が聞こえる。そのなかで一人立ちすくむ自分の顔が見える。

「いったんそんなこと考え始めると、何もしてないのに自分だけ逃げるみたいでバツが悪くてさ。次のディールをやれば絶対にどこかにたどり着ける、このディールの先には何かがあるって、そんな思いがまた湧き起こってきちゃうんだよ」

そういうと丸山さんはタバコを一本取り出すと、火をつけずに口にくわえたまま、

「それでどこにも行けずに、今に至るっていうこと」

と続けた。

「意外ですね」

「そうか？」

「丸山さんはもっと割り切って考えてると思ってました」

「そんなことねえよ。割り切れてれば、今頃何億も稼いでたかもしれないけどな」

チームで飲みに行けば、必ず一回は金の話が出る。他社のディーラーがいくらで引き抜かれたか。ボーナスはどれくらいか。

ほとんどの場合は噂話の域を出なかったが、そんな話をした後はたいてい自分たちの処遇に文句をいい合い、ちょっとだけ沈黙した。

ただみんな、本気でいっているわけでないことはわかっていた。文句をいい合いながら生じる奇妙な連帯感のようなものを味わっているだけで、結局のところ本気で転職したいわけではなかった。

このままでも何となく今の雰囲気に満足して、何となくうまくいくような気もする。

「何だかんだいって、みんなディールがしたいんですね」

俊也がそういうと、丸山さんは、

「そういう奴のことをディール中毒っていうらしいぞ」

といって煙を吐いた。

朝から晩までマーケットのことを考え、投資家の動きを予想する。金がすべてというほど金が欲しいわけでもなく、なぜ働いているのかと聞かれればワクワクする今の感覚をもっと味わいたいからという答え方がぴったりくるような気がする。

俊也は丸山さんの言葉にうなずくと、飲み終わったジャワティーの缶を置いて、ランニング姿で公園を走り過ぎていく若者を見ていた。

「お前の大学の同級生だっていうあの社長、年俸いくらもらってるか知ってるか？」

丸山さんがいきなり訊いてきたので、俊也は蒔田の顔を思い起こし、

「一億円くらいですかね？」

といった。

「もっと多いだろ」

「えっ、二億円ですか？」

「もっともっと」

「五億ですか？　そりゃもらいすぎでしょう」

丸山さんは、ニヤニヤするだけで何もいわない。

「教えてくださいよ」

俊也が頼み込むようなそぶりを見せると、

「そんなこと、俺が知ってるわけねえだろ」

といって丸山さんは俊也を押し返して、中指を突き立てた。

「何すか？　面白いことあったんすか？」

丸山さんの声にコータローが反応して、二人が歩いて近づいてきた。

「何でもねえよ」

丸山さんはそういうと、蝶ネクタイを外してその場に寝っ転がった。俊也もネクタイを外すと、思い切り夜空に投げてみた。

四人で公園に寝てみると、自分たちが世界を動かしているような感覚がする。ディール中毒か。誰がそんな言葉をいい出したのかわからないが、何となく今の自分をいい表す言葉としては悪くないような気がした。

3 ディーラーは稼ぐことがすべて。それ以外の判断基準を持ち込まないこと

もう長いこと会っていない友人の家に行くのは、実に不思議な気分だ。それが昔の彼女だと考えると、洋服を選ぶ自分が後ろめたいことをしているように思えてくる。俊也はダークグリーンのポロシャツにジーンズをはき、靴はバンズのスニーカーにした。どれも今年になって何度か着ているので、服装に特に気を使っていないことだけは示せそうだ。

予定の時間より少しだけ遅くなる電車を選ぶと、改札を抜け、ゆっくりと空いている座席を探した。

きちんとしたかたちで会ったのは大学受験の時が最後だから、もう一〇年以上も前になる。母親同士の仲がよく、お互いの家を行ったり来たりしていたのはまだ小学生の頃だった。

男女の関係を意識し始めたのは高校に入ってからだった。隣町の女子高に通ってい

たミキと偶然同じ電車に乗ったのが始まりだった。

彼女は何度も久しぶりねというと、吹奏楽部に入ったといった。トランペットをやってるの。塩崎君は？　俊也はサッカー部に入っていると答えると、ミキは、まだ続けてるのね、とうれしそうにいった。

ミキの演奏会に行くことをきっかけに、二人のつきあいが始まった。男子校に進んだ俊也にとって、女性とつきあうのは貴重な体験だった。一週間か二週間に一回のペースで会い、お互いの記念日には簡単なプレゼントを交換した。

今でも覚えているのは、高校三年の俊也の誕生日だ。ミキは真っ赤なリボンでデコレーションしたチョコレートとハンカチをプレゼントし、俊也は代わりにいつもよりちょっとだけ高そうなカフェで食事をごちそうした。帰りは駅一つ分だけ二人で歩いて帰った。

二人で手をつないで歩くと、いつもの道が今までとまったく違う風景のように思えた。ミキの最寄り駅で降りると、誰もいないホームでキスをした。それが初めてのキスだった。手が震えて、お互いの歯がぶつかり合う音がした。

会うときはいつも二人の家から離れたところを選んでいた。お母さんたちには内緒にしてね、何だか照れくさいから。ミキはよくそういっていたが、俊也も話すつもりはなかった。二人の関係のことを誰にもいわず、秘密にしているのが楽しかった。

「塩崎君」

自分の名前に振り返ると、ミキが改札の向こうから大きく手を振っていた。

サングラスを少し下ろして上から目を出すしぐさは、今まで見たことがないはずなのに不思議と懐かしさを感じさせた。

「もう、何してたのよ。遅いじゃない」

「ごめん。見慣れない建物ばっかりだったから」

「迷ってたの？」

そう訊くとミキは、

「ぜんぜん来ないから、通り過ぎちゃったのかと思った」

と笑った。

大学に入ってから俊也の実家も引っ越していたので、この街とはもうつながりがほとんどない。

いつの間にか駅前には大きなスーパーが建ち、ケーキ屋の先にある駐輪場に新しい看板が立て掛けてあるのが何よりも先に目についた。

俊也が駅の周辺を見回して、

「ずいぶん変わったね。同じ街とは思えないよ」

というと、ミキは、

「そんなに急ぐ必要ないのにね」

と困ったような表情をした。

ミキはベージュ色のパンツに、上はボーダーのシャツを着ていた。どちらも俊也の記憶にはなかったが、風が吹く度に届く香水の香りは初めての気がしなかった。

中学生の頃のミキですぐに思い出すのは、まゆ毛の上ほどの長さでそろえた前髪だった。怒るとすぐ眉にしわがよるので、何を考えているかがわかりやすい。

首の辺りでカットした髪の毛がいつもどこかぼさぼさで、からかう男の子にいい返す姿が彼女の勝ち気な印象に重なっていた。ボーイッシュな性格は変わらないが、少し髪にパーマがかかっているところが今の彼女を女性らしい雰囲気にしているのかもしれない。

ミキは買い物してから行こうと提案すると、

「この先にスーパーができたのよ」

といって家とは別の方向に歩き始めた。

買い物かごを抱えてレジに並ぶミキを見ながら、俊也はミキやおばさんに対してどんな態度で接すればいいのか今まで考えていなかったことに気づいた。

誰もいなくなっちゃったから、たまには家に遊びに来てよ。電話でミキはそういった。ミキの誘いに軽く応えたつもりだったが、思えばこの一〇年間でミキの父が亡くなり、二人の妹も家を出ていた。そんな家が、俊也の知る昔と同じはずはない。

しかし、あらあらあらといって昔と変わらずに迎えてくれたおばさんのエプロン姿を見て、自分の気持ちはひとまず置くことにした。

おばさんはVネックの紺色のセーターに、格子柄の入ったパンツをはいていた。変わったのは髪の毛に白髪が目立つことくらいで、かつて通りかかった際に見かけたのと同じ笑顔が懐かしかった。

「ご飯ができるまでお父さんの部屋でも見てみる?」

ミキのそんな誘いもあり、一通り挨拶を済ませると、俊也はミキの後についていくことにした。

死んだ人間の部屋に入るのは初めての経験だった。

俊也が何よりも意識したのは匂いだった。死んだおじさんはどんな匂いを残していったのか。そう思うと入る前はためらわれる気持ちもあったが、かつておじさんが仕事していた部屋に入った時にこみ上げてきたのは、もう一〇年以上も昔に連れ戻されたような懐かしさだった。

「こんな臭いところにいつも閉じこもってね、勝手に入るとすごく怒ったんだから」

部屋の電気をつけてミキがそういうと、俊也に、

「覚えてる？」

と訊いた。

そういわれてみると、かすかに残る暗室の酸っぱい匂いは懐かしく思い出すのに、部屋の配置にはほとんど記憶がない。俊也はゆっくりと周りを見回すと、

「覚えているような、そうでないようなっていう感じかな」

とだけいってしばらく考えてみた。

おじさんは昔から写真を撮るのが好きで、暗室に入ってはいろいろな写真を見せてくれた。特に記憶に残っているのが、世界中の都市にある時計塔の写真だ。

等しく時を刻む時計には、競争がないからいいとおじさんはいった。自己主張をすることもなければ、出し抜くこともない。だから街の表情は、通り過ぎながら時計を見上げる人の顔に表れるのだと。

知らない世界を次々と見せてくれるおじさんの姿が俊也には新鮮で、家に遊びに行くのが楽しみだった記憶がある。

ミキに聞くと昔は写真だけ撮っていたが、何年か前から時計も集め始めていたという。

南国風やらアジア風やらの置き時計がところ狭しと積み上げられ、その間に見えるいくつかの写真がおじさんの働く姿を残していた。

「この部屋は、今は何に使ってるの？」

「どうしようかと思ってね。全部捨てるのも心苦しいから、とりあえず物置にしてるの」

「じゃあ、写真は全部とってあるのか」

「簡単に捨てられないしね」

ミキの言葉に俊也は部屋を見回すと、

「こんなところにミキがいるよ」

といって、時計の間から公園の鉄棒にぶら下がる少女の写真を引っ張り出した。

「小学校の頃かな」

「もっときれいに写ってるのだってあるんだから」

ミキはそういって英国風の茶色い時計の奥に顔を入れると、

「ほら」

といって一枚の写真を差し出した。

高校の制服を着たミキが、二人の妹の間に立って写っている。

「こっちがエリナで、こっちがマリナ」

「こんなに小さかったたっけ？」

「自分が歳とっただけじゃない？　塩崎君の写真だってあるわよ」

ミキは楽しそうに今度は細長い時計をずらして身体を入れると、俊也とミキが並んでいる写真を持ってきた。

俊也の見たことのない写真だった。小学校に入ったばかりのものだろうか。ランドセルを背負った俊也の隣で、ミキが自転車にまたがっている。

「おじさんの写真はないの？」

思い出したように俊也が訊くと、ミキは、

「そうねえ」

と髪の毛を後ろで結びながら、しばらく考え込んでいた。

「すぐ見つからなければいいよ」

「ちょっと探してみるね」

ミキはそういうと部屋の奥に進み、ひょうたんのようなかたちをした置き時計を脇にずらした。

「気をつけろよ」

「オッケー」

返事をしたとたんにミキの横に立て掛けてあった古い時計が崩れ、彼女が突然悲鳴をあげた。

「だからいっただろ」

俊也は笑いながら埃を払い、時計を取り除くと、彼女の身体が入るだけのスペースを作った。

「サンキュー」

ミキがそういって舌を出すと、俊也は、今度は反対側の時計が倒れないように押さえながら、おじさんの過去を探し出そうとしているミキを眺めていた。

「見つけた」

ミキが探し出してきたのは、妹二人を両手に抱き、ミキの後ろに立ってポーズを作るおじさんの姿だった。

今にも泣き出しそうな娘たちを抱えて、困ったような顔をしたおじさんが立っている。仕事では堂々としていても、子供の前ではつい甘くなってしまうおじさん。

写真を愛したアートの世界の人間と、女家族で唯一の男としての存在が、そこには雑然と同居していた。少し窮屈そうで、でも幸せそうで、自分の居場所をどう受け止めていいのか掴みかねている風。

「何だかさ」

俊也は写真を見つめるミキの横顔にそういいかけると、同時に部屋中の時計がいっせいに鳴り出して、背筋の凍る思いがした。

六時だった。

「夕食の用意ができたわよ」

二人で顔を見合わせていると、突然おばさんが顔を出したので思わず大声で笑ってしまった。

「どうしたの？」

不思議そうな顔をしているおばさんがそういうと、ミキが、

「今行くから」

といって髪の毛を整えたので、俊也も戻ることにした。

あなたはいつも本当に人の話を聞かないのね。二人で会うと、ミキはよくそういったことがあった。音大に合格するには毎日六時間は練習しなければならないこと、同じ専攻のクラスメートとの人間関係が難しいこと。

よく話すミキの顔を見ていると、俊也は自分が中途半端な場所にいることを指摘されているようで窮屈だった覚えがある。つまらないの？　そう訊くミキの目には、俊也はいつも何かに我慢している風に見えるようだった。

何度かミキが本気で怒ったことがあった。今でもよく覚えているのは、彼女と会う約束を忘れてしまった時のことだ。

その日は朝からサッカー部の練習があった。今でも断言できるが、俊也は当日の朝まで約束をしっかり覚えていた。でも何かの拍子にすっぽりと抜け落ちてしまったのだ。

家に帰って、母親から何度か電話があったことを聞いて思い出した。珍しいわね、ミキちゃんから電話なんて。二人が会っていることを知らない俊也の母親は、何回も電話があったことを咎めるような口調だった。

急いで折り返すと、ミキは電話口で、二時間以上も待ったんだから、といって泣き出してしまった。

約束をまったく忘れるなんてあるわけがない。彼女のいい分はこうだった。つきあってるんだから当然でしょ。俊也にしても別に悪意があったわけではない。嘘をいっているわけではないだけに、すんなりとは引き下がれなかった。

大会前の練習で大変だった。今度の夏の大会まで忙しいことはわかってるだろ。しかしミキに、いいわけばっかりいわないでよ、といわれると、何もいえなくなってしまった。

——何とかいいなさいよ。

ミキは電話の向こうで泣いていた。彼女の息が、受話器越しに伝わってきた。

でも俊也は何もいわなかった。それは何もいえなかったのではなく、何をいっても伝わらないと思っていたからだった。必要なことは彼女を何かでつなぎ止めておくことだった。それが自分の言葉以外の何でもないことはわかっていたが、どんな言葉が適切なのかがわからなかった。

「まだ食べないの」

リビングに戻るなりつまみ食いをするミキにおばさんがそういうと、

「こんな歳になってもぜんぜん女らしくならないんですからね」

といいながら箸を並べた。

「だってお母さん、ご飯作ってから食べ始めるまでが遅いんだもん」

ミキがそういい返すと、おばさんは、

「はいはい」

とだけいって席についた。

どんな家にもその家なりのバランスのとり方がある。妹二人が家を出て、おじさんがいなくなったこの家では、何となくこういった二人のやりとりがなければうまく回っていかないような気がした。

俊也は食事をとりながら、わが家に起こった最近の出来ごとについて話した。父が定年退職を迎え、今では株式の売買を趣味にしていること、母が最近散歩を始めたが張り切りすぎて足を痛めたこと、姉が転職して今は都内の出版社に勤めていること、弟は相変わらず定職につかずアルバイトをして暮らしていること。

どこにでもある平凡な家族の風景にすぎないが、二人は古いビデオテープでも再生するようにじっと俊也の話を聞いていた。

ときどき話を遮るように一時停止しては過去に巻き戻し、耳を傾けてはため息をつく。俊也の記憶とは別の像が、二人の頭のなかで動いているに違いなかった。

「あら、あなたの会社の社長さんじゃない？」

食事を終えておばさんがテレビをつけると、以前丸山さんたちと議論になった蒔田雄一郎が映っていた。

夕方のニュース番組では若手の起業家を紹介する特集が組まれ、ある自動車部品メーカーへの支援を発表したばかりの蒔田が取り上げられていた。

「ミキが勤めてる会社ってここなの？」

俊也が驚いていうと、ミキの代わりにおばさんが、

「そうなのよ、今話題のスパイスクルーズ」

というとほぼ同時に、ミキが、

「そんなわけないでしょ。その子会社になったノマド企画よ」

と笑った。

「去年だったかな、スパイスクルーズの支援を受けて独立したんだけど、知らない？　蒔田さんは会長として、経営に入ってもらっているの。でもほとんどかたちだけよ。見たことなんて数回しかないんだから」

「それで会社の注目度が一気に上がったのよ。たまにテレビにも出てるしね」

おばさんが得意そうにいうと、ミキは、

「私の会社のこと知ってた？」

といって俊也を見た。

「何度か聞いたことあるよ」

俊也がノマド企画の名前を知ったのは、スパイスクルーズの支援先として取り上げられた頃のことだった。労働組合を通じた支援という形態がマスコミやマーケットを

騒がせていたが、取り立てて俊也の関心をひかなかったのは、当時はそれほど蒔田に興味を持っていなかったからでもある。

「自分がまさか、こんなに世間の注目を集める会社に入るなんて思わなかったな」

ミキは俊也の答えに満足したようにうなずくと、記者やカメラマンが待ち構える会社の雰囲気が、今まで勤めた会社といかに異なるかについて話した。

ミキが音大を卒業して就職先に選んだのは、ある中堅の広告代理店だった。配属されたのは営業で、担当は転職情報誌の広告。企業のCM制作やイメージ戦略といった業務を想像していたミキにとって、広告営業はいかにも地味な仕事だった。

雑誌の広告は、見開きサイズの特Aからページ大のA、半ページのBから切手サイズほどしかないGまで、明確にサイズと料金が決められている。ミキの仕事は、広告主を探してアルバイトを必要としている会社に外交することだった。

新人が担当するような会社が関心を示すのは、ほぼ例外なく切手ほどの大きさしかないGサイズだった。字数も制限され、勤務条件と応募先を書くスペースしかないようなちっぽけな広告は、値段は安かったが案件をとるのはとてつもなく難しかった。いつ辞めるかわからないアルバイトを探すのに、コストを掛ける会社もほとんどなかった。

ミキが何よりも注力したのは、ライバルを気にするオーナーの競争意識に火をつけることだった。定食屋は近くの同業者を無視できないし、スポーツジムは町内の他のジムの動きが気になる。

ライバルより先に手を打って目立ちましょう。そういって競争心に火をつけさえすれば、広告のサイズは次第に大きくなっていくことに気づいた。

ノマド企画に転職することになったのは、先輩の誘いがあったからだった。企業広告の中心は、すでに何年も前から新聞や雑誌からインターネットなどの電子媒体に移りつつあった。そんな動きに敏感な何人かの社員から、インターネット広告専門の広告代理店を立ち上げようという話を持ちかけられていた。

誰よりも熱心に誘ってくれたのは、板垣さんという、入社以来ミキの面倒を見てくれた部署の上司だった。自分に子供がいればこんな会社人間になってなかったんだけどね。そういうのが口癖の上司は、残業で二人きりになる度に、この会社はいつか行き詰ると愚痴まじりにいっていた。

仕事が面白くなり始めていたタイミングだっただけに、ミキもしばらく悩んでいた。最後に決め手となったのは将来の可能性だった。このまま続けていても、原稿のサイズが大きくなるだけかもしれない。そう考えると、知らない世界に飛び込んでいきたくなる自分を抑えることができなかった。

「でもノマド企画も、実質的には三年くらいしか続かなかったのよ」

「うまくいかなかったの?」

「方向性は間違ってなかったんだと思う。現にネット上の広告は今でもどんどん増えてるし、宣伝にお金を使う会社もたくさんあるからね。でもうちの会社は予想した以上に伸びなかった。考えてみれば当たり前の話なのよね」

「市場が大きく拡大しても、みんなが儲かるとは限らない」

「その通り。会社自体はそれなりに人材もいたし面白いアイデアを持ってたと思うんだけど、どうすればお客さんから契約をもらえるかがわかってなかったの。初めから成功するわけがなかったのよ」

そういうとミキは、最初は活気に満ちあふれた会社が徐々に勢いを失っていくのがいかに悲惨かについて話した。

バラバラになる組織を特徴づけるものは対立ではない。沈黙だとミキはいった。どんなことが起きても社員一人ひとりが危機感を発することなく、無関心になることが問題なのだと。

ノマド企画に身売りの話が出始めたのは、会社を立ち上げて二年ほど経ってからだった。もともと利鞘の薄いビジネスなだけに、収益を伸ばすには限界があった。必要なのは知名度であり規模だった。

決め手となったのは、会社は従業員のためにあるというスパイスクルーズのキャッチフレーズだった。労働組合のトップをＣＥＯにするという大胆な経営改善策を経営陣に承認させ、スパイスクルーズは主要株主として影響力を持つことになった。

ＩＴ広告を拡大させようとしていたスパイスクルーズにとっては、業容の拡大とビジネスの多角化にノマド企画は魅力的だったに違いない。それがミキの考えだった。

「すごいわよね、あの歳で会社を次々に立て直しちゃうんだから。あなたたちと同じくらいの年齢なんでしょ？」

おばさんがそういって口をはさむと、ミキは、

「私の一つ上だから、塩崎君と同じ学年かな」

といった。

「みんなそんなに若いの?」

「幹部社員で一番多いのは、蒔田さんと同年代の人たちよ。会社設立時からのメンバーがほとんどみたい」

「他の会社の人とやりにくくないのかしらね」

「ぜんぜん。支援する会社の経営者はたいてい年上だけど、どんな相手と接していても動じないのがすごいのよ」

「ここまでになるんだから、考えることのスケールが違うのね」

そういうとおばさんは、

「頭もすごくよさそうだしね」

といった。

「頭いいっていうか、あの純粋そうな目で見つめられると、信じたくなっちゃうんでしょ」

「田舎者っぽい訛りも憎めないわね」

「テレビの前なんだから、もうちょっと気を使ってよって思うけどな」

「それも戦略なのよ」

おばさんは俊也の同意を求めるように、ねっ？　といって振り向くと、

「しかもすごいマンションに住んでるんだってね」

といった。

「毎月二〇〇万円も払ってるらしいですね」

俊也がテレビで紹介されていた噂をいうと、おばさんが、

「きれいな彼女と一緒に住んでるのかしらね？」

といってミキを見た。

「あの性格悪そうな女ね。いちおう女優らしいけど、テレビに出てるところなんて見たことある？」

「出てるじゃない。この前も料理番組にも出演してて」

「ああいうのは蒔田さんの彼女だからっていうことでお呼びがかかるだけなのよ。何で蒔田さんが、あんな趣味の悪い彼女を選んだのかっていうのは、会社でも話題になってるんだから」

「人の好みには口をはさめないからな」

「仕事はすごくできるし、性格もよさそうなのに、本当に女性を見る目だけは不思議

なのよね」

「そういうところがまたかわいいじゃない」

おばさんの言葉にミキは大きくうなずくと、

「確かにね」

といって笑った。

「ああやって自分の世界にとじこもってる男性がたまらなく好きっていう女の子って少なくないのよ。今でも時々食事とかお客さんとのアポも忘れちゃうくらい仕事にのめり込んじゃうことがあるんだから、社長っていう性格じゃないのよね」

そういうとミキは、蒔田がマスコミで紹介されている姿とは異なり、華やかな生活からほど遠い人間だといった。

どちらかというと純粋に仕事が好きな人間で、朝から晩までパソコンに向かっていても苦にならない。言葉の訛りにコンプレックスがあり、それを隠そうとしてぼそぼそと話す姿が取材で強調されてしまうが、本来は明るい性格とのことだった。

「経営者のいない企業っていうのは、実際に仕事をしてみてどうなの?」

「そうねえ」

俊也の質問にミキは箸を置くと、

「変わったところと変わってないところでどっちが多いかっていうと、変わってない部分のほうが多いかもしれないな」

といった。

「というと？」

「経営者のいない会社っていったって社長も会長もいるし、ちょっと役職が減ったくらいで普通の会社と変わらないのよ」

「蒔田自身が会長なわけだしね」

ミキはうなずいた。

「経営者がいないっていうより、経営者も含めて社内がみんな近い立場になったっていうのが正しいのかもしれないな。仕事をしやすくするためにいいたいことがあれば、何でもいえる雰囲気になったし」

「特に何か組織が変わったわけじゃないの？」

「そうなの。仕事に集中できるようになったのが一番の変化かな。新しい目標もできて、やらなければいけない仕事も増えて、忙しくて他のことを考えてる余裕がないのよね」

「何かあっても、最後は会長の蒔田さんが自分で動くんでしょうしね」

おばさんの言葉にうなずくと、ミキは、

「でも会社の業績は別よ」

といった。

「それで契約が多くとれるわけでもなければ、売上げが増えるわけでもないでしょ。もっともっと頑張らなくちゃ」

そんな話をするミキの表情は、不平がちないい方とは別にどことなく楽しそうだった。会社がこれから良くなるのも悪くなるのも、蒔田のやり方に任せるしかない。そう割り切っている様子で、蒔田をめぐって周囲にもてはやされるのにも嫌な気分はしていないようだった。

「蒔田さんは、塩崎君から見てどうなの?」

食事が終わると、コーヒーを淹れながらミキが訊いた。テレビでは特集が終わり、おばさんはチャンネルを替えながら俊也の話を聞いていた。

追求しようとしているビジネスモデルは今までにないものだと思うし、経営者としてのカリスマ性のようなものも、蒔田はその年齢の割に持ち合わせていると思う。ただし従業員のための企業というものが、本当に成立するものなのかどうかという点は疑問だ。企業には、あまりにも多くの利害が絡み合っている。

そんな内容のことを、肯定的な要素を意識的に多くして話したのは、ネガティブなことばかりいって同世代の若者が成功していくことに対するねたみととられたくなかったからかもしれない。

ディーラーにとって大事なのは稼げるかどうかであって、俊也はそれ以外の判断基準で考えたことがない。週刊誌の受け売りのようなコメントにすぎなかったが、おばさんとミキはうなずきながら俊也の話を聞いていた。

「何だかみんな、どんどん大きくなっていくわね。こんなに立派になっちゃって」

この日のおばさんとの会話で俊也の記憶に残ったのは、そういった時のほっとした表情だった。

次第に自分だけが取り残されていくようだとおばさんはいった。駅に向かうタクシーが来るのを待ちながら、俊也はそんな言葉をどう受け止めればいいのか考えていた。

「じゃあ、ここでね」

タクシーが家の前に着いたことを知らせると、ミキは俊也を見ていった。

「また連絡するから」

「僕も」

「嘘ばっかり、しないくせに」

そういうとミキは、

「連絡なんてくれなくてもいいからね、私のメールはしっかり読んでよ。けっこういいこと書いてあるんだから」

と手を振った。

俊也は笑って自分の感情をごまかしたが、確かにそうかもしれなかった。

4 ディーラーは世間の常識を疑ってかかること

丸山さんがスパイスクルーズの買いポジションに取り掛かり始めたのは、クラクラするような暑さが一段落した夏の終わりだった。二つの会社を続けて従業員主導の経営に転換させたことで、蒔田雄一郎に対する社会の見方が大きく変わり始めていた。

一つは九州に本社を置く中堅の電機メーカーだった。液晶や半導体関連のビジネスを主体に業績を伸ばしていたが、多くの電機メーカーと同じようにテレビやパソコンといった主要機器の需要減退の流れを受けて、業績悪化に苦しんでいた。

国内に工場をいくつか抱えているため、従業員も多い。労働組合は三つに分裂した状況だったが、最も大きな組合に蒔田が支援を表明すると、組合の統合に順次成功。

他の支援企業同様に労働組合の代表が取締役として経営に参画し、スパイスクルーズと組合が設立したファンドが第三者割当てのかたちで出資することになった。

これまで規模の小さい企業への支援が多かったスパイスクルーズのビジネスモデル

を、中堅企業に適用した事例となり、蒔田にとっては全面的な勝利に近かった。

もう一つはコーヒーチェーン店だった。会社を大きくしてきた創業者が急死し、家族経営に移行していたが、フランチャイズの無理な拡大により業績の悪化が続いていた。ワンマン経営が長かったこともあり、社内に労働組合のような組織はなかったが、蒔田たちの動きを知った何人かの社員グループの意見に呼応するかたちで、従業員が立ち上がることになった。

丸山さんが興味深いといっていたのは、社内で蒔田が主導した形跡がないことだった。従業員は自分たちで会社を立て直そうと立ち上がり、必要な資金をスパイスクルーズに頼ってきた。スパイスクルーズは彼らに資金を融資し、独立の可能性が高まると出資に切り替え、新経営陣を送り込んだ。

二つの会社に共通しているのは、業績悪化に苦しむ会社の経営手法に対して従業員の不満が強いことだった。実際に業績悪化の要因が、経営者の資質によるものだったかは疑わしい。電機メーカーにしてもコーヒーチェーン店にしても、消費のスタイルが大きく変わるなかにおいては、誰が経営しても対応しきれない避けがたい変化というものがある。

また業績悪化を契機にリストラというかたちで従業員に負担が向けられたことで、経営者と従業員との間に亀裂が生じ始めていた点も同じだった。経営者は多くの場合、長期にわたって放置された経営的失敗を短期的な負担で補おうとする傾向がある。結果として矛先は従業員に向かいやすく、そのような関係を蒔田は見逃さなかった。

企業に経営者はいらないと蒔田はいった。机にふんぞり返って電話やメール一つで指示をするのが経営者の役割だとすれば、そんな存在は不要なのだと。会社に必要なのは汗を出して働く労働者であり、すべては彼らに還元されるべきだ。

短めのセンテンスで大きな声を張り上げ、端的に自分の考えを主張する。いくつかの企業の支援を成功させてきた実績が、蒔田雄一郎の話し方を報道陣向けのものに変えているようだった。もはや蒔田は訛りを隠そうとすることもなく、開き直ったような話し方が情熱的な印象を与えていた。

「これで何社目だろうな」

ブルームバーグのモニターに映し出された蒔田雄一郎の顔がアップになると、昼食のハンバーガーを食べるのをやめて、誰にいうでもなく俊也はいった。

「五社目くらいじゃないすか？」

「労働組合を通じた経営参加という点では、これで五社目と六社目になります」

山ちゃんがコータローの発言を補足すると、

「ちなみに今までに出資した企業は、昨年から合計で八社になります」

と続けた。

「二一世紀のレーニンって呼ばれてるらしいっすよ。誰がいい出したのか知らないっすけど」

「従業員こそが企業の最大の資産である、か」

「いかにも受けやすいフレーズですね」

「どこまで本気なんすかね？」

「その点だけをいえばこいつは本気だと思うよ。目立ちたいだけでは、さすがにここまでのことはできない。よほど冷静に分析できてなきゃいえないセリフをいってると思うね」

丸山さんがフライドポテトの包みを丸めながらそういうと、

「実績は実績として認めざるをえないですけど、やっぱり気になるんすよね」

とコータローがいった。

「何が？」

「バッサリいろんな会社を否定するのはいいっすけど、新たに提示できるような会社像を持ってるんすかね」

「ボクも同じです。従業員の代表が経営者になったら、賃金を上げて賞与も増やして、企業の利益は基本的に従業員のために使うことになりますよね。企業の収益性は上がらないし、そうなれば株価も下がります」

「投資も株主への配当も、蒔田は完全に否定しているわけじゃないぞ」

「でも会社の競争力が下がれば、結局は従業員の給料に跳ね返ってきます」

「そこは一度底を見た企業ばかりだ。従業員も今より悪くはならなければっていう思いで、蒔田に頼っている面もあるんだろうな」

「そんなの長続きするんすかね？」

「しかも自分たちが出資した分を回収できれば、その後で企業がどうなろうが蒔田さんが代償を払うわけでもないですし、払う必要もないです」

「自分がクーデターの先頭に立つんじゃなくて、金だけ出すっていうことか？」

「レーニンとはぜんぜん違うじゃないすか」

「まあ、簡単にいえばそういうことだ。今の経営をどうにかして欲しいっていう従業員の思いをうまく利用しているように見える」

　そういうと丸山さんは、

「だからこそ、企業はみんなこいつを攻撃したがるんだよな」

と笑って、コーラを飲んだ。

「経営陣が替わった企業の業績は、その後どうなってるかわかるか？」

　俊也が訊くと、山ちゃんが、

「まだサンプルが少ないですから一概にはいえませんけど、結果だけをいえば悪くないですね」

と答えた。

「どの企業もどうにか黒字回復は達成できそうっていうところです」

「でもそれは、大きく損失を出した後の話だろ。黒字回復くらいだったら、誰でもできたっていう見方もできなくないっすよ」

「もちろん俺だって、この数字をそのまま受け取るつもりはない。ただ結果を残している限り、何もいわれる筋合いはないっていうのもこの世界のルールだ。従業員のための経営っていう会社のあり方が正しいかどうかは、まだ誰にもわからない。肯定もできないけど、否定もできないんだよ」

「それを見極めるには、もう一年くらいはかかりそうですね」

ブルームバーグで会社のバランスシートを見ながら山ちゃんがいうと、俊也はハンバーガーの袋をゴミ箱に投げながら、

「本当に大丈夫ですかね」

といった。

「何かやるんすか？」

「もしかしたらこの会社、安いのかなって思ってるんだよ」

「半年前に増資したばかりだから、スパイスクルーズは借金がほとんどない。しかも現金を大量に保有している」

「買うんですか？」

「まあ、最後まで聞けよ。財務内容がいいから買いたいんじゃない。この会社の一番の問題は、ビジネスモデルに対する評価が定まらないところにある。そうだろ？」

「まあ、やりたい放題やってますからね」

「その通り。財務もいいし、資金を必要としない会社なのに、格付は上がらない。まずそこがこの会社の特異なところだ」

スパイスクルーズの信用力を示す格付は、「財務内容に当面問題がない」とされるAマイナスにとどまっていた。そんな会社の社債が、「財務水準が見劣りする」とされるBBB格以上に割安な利回りで取引されている。そこに収益チャンスを見出したというのが議論の出発点のようだった。

「でも本当に重要なのはそこじゃない。大事なのは、こいつらには銀行が金を出さないっていうことなんだよ」

丸山さんは画面を食い入るように見ながらいった。

スパイスクルーズは、経営と従業員との間の敵対的な関係を利用するビジネスモデルだ。企業からは警戒されるし、国内の銀行も資金を出したがらない。銀行はつきあいのある企業との関係を重視し、彼らのビジネスの脅威となるスパイスクルーズに融資することで、助けているようなイメージを持たれることを嫌がっていた。

丸山さんの考えはこうだった。

銀行から資金が出ないので、スパイスクルーズは高いコストを払ってでも社債を発行する必要がある。しかしそのうち日本の銀行も、彼らとの関係を本気で考え直さなければならない時が来るだろう。

実際に今でも外資系の一部の銀行は融資枠を設けているし、スパイスクルーズが必要以上に手元資金を厚くしているのは資金繰りを考慮してのことでもある。そう考えると現在の社債の利回りはあまりにも高すぎ、今のうちにポジションを仕込んでおけば将来的な収益が見込めるとのことだった。

「要するにな、マーケットの見方が大きく変わる可能性があるんだよ」

こういう話をするときの丸山さんは、本当に楽しそうだった。

「どんなビジネスをしようと、その良し悪しは俺たちが決めるわけじゃない。その企業を安いと思う奴は買えばいいし、高いと思えば売ればいい。俺たちが考えなきゃいけないのは、その判断に至るまでのプロセスに歪みがないかどうかだ」

ここまで一気に話すと、丸山さんは俊也たちが理解しているかを確認するように顔を見回した。

「いつまでも自分たちだけの特権を振りかざすことはできないし、それがわからないほど日本の銀行もバカじゃない。変わっていく方向性に関しては流れに乗ってもいいと思うんだ」

「要するに丸山さんも、チャンスがあると思うから買うけど、あいつらが好きで買うっていうわけじゃないんですね？」

確認するように俊也が訊くと、

「好きではない。むしろむかつく」

といった。

「話し方が鼻につくからですか？」

「まあ、それもある」

「いいところに住んで、いい車に乗ってるからっすか？」

「それもある」

「有名人とつきあってるからですか？」

「女の趣味悪いけどな」

そういうと丸山さんは、

「あの作り物っぽい笑顔もイライラするし、あの体格だって暑苦しいと思うし、テレビに出て偉そうにしやがってって思うし、とにかく何だかわからないけど全部むかつくんだよ」

といった。

「オレもそうですよ」

「そうだろ？　でもそんな理由が投資判断において合理的じゃないってこともわかってるつもりだ。いわばぬるま湯に慣れ切った人間のわがままという部分もある。その矛盾にこそチャンスがある」

「それはそうですけど、そんな風に投資家は考えますかね？」

「だからそれを変えるんだよ。このマーケットを支配していると思い込んでいる連中に、本当はそうじゃないってことを教えてやるんだ」

そういうと丸山さんは俊也を見て、

「そんなことできるわけないと思ってるんだろ？」

と笑った。

「そんなことないですよ」

俊也がとっさにそういったのは、ディーラーは市場の常識を常に疑ってかかれ、という丸山さんの口癖を思い出したからだった。

日本の債券市場を支配しているのは、金融機関を中心とした国内の機関投資家だ。変わり始めているといっても主流は彼らであることに変化はない。機関投資家がスパイスクルーズに対する判断をどう修正するかが、この計画の大きなポイントだった。

スパイスクルーズが発行する社債には、マーケットでJGB＋二・六〇%という利回りがついていた。これは同じ格付のどの企業と比べても二・〇〇%程度高い水準にある。つまりこれだけ高い金利を払わなければ、買い手がつかないことを意味していた。

そんなのミスプライスだと思わないか、というのが丸山さんの考えだった。マーケットから嫌われているのは、スパイスクルーズという会社のリスクではない。この会社が抱え込んでいる日本社会における異質さであり、その矛盾に収益機会を取りに行くのだと。

「俺たちがやらなくて誰がやるんだよ」

そんな言葉が俊也のなかで響いていた。

丸山さんはターゲットをJGB＋一・〇〇%の水準に置き、買い始めることの了承を上司からとった。

　もし仮にＪＧＢ＋二・六〇％の水準で在庫を仕込み、五カ月程度の期間でＪＧＢ＋一・〇〇％で売却できれば、収益率は年間二〇％近い。悪くない数字だ。ディーラーとしての経験が豊富な丸山さんは実績もあるので、どうしてもといわれれば上司が強く反対することもなかった。

「お前も一緒にやるか？」

　コータローと山ちゃんが席に戻ると、丸山さんが声を落としていった。

「何をですか？」

「今回のディールだよ。スパイスクルーズ」

「いいんですか？」

「お前に興味があればだけどな」

「もちろん興味がないわけじゃないですよ。でも」

「でも、何だ？」

「自分がやっていいのかっていうか」

「何だよ、お前らしくないな。はっきりいえよ」

「丸山さんみたいにスパイスクルーズを評価してるわけじゃないし、蒔田のことが個人的に好きだっていうわけじゃないし」

「要するにディールに取り組む必然性がないっていうことか」

「そうかもしれません」

煮え切らない表情の俊也を見かねて、丸山さんは、

「じゃあ、これでどうだ?」

といって足を組んだ。

「当面は俺の売買を見ているだけでいい。申し訳ないが、俺もこのディールだけやってればいいっていうほど暇じゃない。こういうディールは完全に情報を遮断して進めていく必要があるから、事務的な面を中心にサポートして欲しい。ただし興味が出てきたら主体的に参加すること」

「それでいいんですか?」

「十分だよ。でもそのうちお前のほうが熱くなると思うけどな」

丸山さんにいわれて俊也が否定しなかったのは、それが丸山さんからの初めての誘いだったからでもあった。基本的にディーラーは秘密主義を徹底するので、同じチー

ムであってもポジションを共有することはない。

マネージャーでもある丸山さんがどんなやり方で勝負をするのか。俊也は自分を誘ってくれたのがうれしかったと同時に、そんな丸山さんのディーリング手法に興味があるのも確かだった。

実際にディールが始まると時間が経つのが早かった。俊也の役割は、スパイスクルーズの業績動向にとどまらず、蒔田など経営陣の言動や業界他社の動向、スパイスクルーズ債の売買推移や投資家からの売り引合いなど、さまざまなデータの整理が中心だった。

スパイスクルーズの社債発行残高は五〇〇億円程度。残高自体はそれほど大きくないが、特徴的なのは信用力の不安定さを反映してか値動きが大きく、決算発表などのイベント前後に売買量が増加する傾向があることだった。

当初は丸山さんの指示を仰いでいたが、俊也も次第にサポートの立場に物足りなくなってきた。なぜこんなディールが走っているのに、自分は見ているだけなのか。丸山さんも持っていないような、自分なりの独自の材料を持ってディールに臨みたい。そう考えると、思い浮かぶのはミキの顔しかなかった。

ある日、取引が少なく早く帰れる日を選んで、俊也はミキの携帯に電話した。広告代理店の仕事がどれほど忙しいかは何度か聞かされていたので、その日に会えるとは思っていなかった。

ところが意外にも新しい顧客の対応が一段落ついたらしく、ミキも気分を変えたいと思っていたという。ミキの会社の近くに彼女の好みそうな小料理屋を探すと、仕事帰りに待ち合わせた。

「今日は私の誕生日なの」

俊也の顔を見るなり、ミキはいった。

ミキは少し前に着いたらしく、メニューを見ながら待っていた。グレーのワンピースの上に白いジャケットを着て、花柄のストールを掛けていた。

「九月だったっけ？」

俊也は日付を思い浮かべると、昔の記憶に誕生日の思い出を探した。

「別に塩崎君が覚えててくれたわけじゃないと思うけど、何だか偶然でもうれしいな」

「昔はよく一緒にお祝いしたから、本能的に今日を選んでたのかもしれない」

「嘘ばっかり」

そういうとミキは店員に注文を頼むと、

「でも昔よく二人でお祝いしたのは覚えてるわよ」

と笑った。

「そんな記念日だったら、もっといい店にすればよかったな」

「いいのよ、これくらいで。この歳になると、盛大にお祝いなんてしたら逆に罰が当たるような気もするし」

「お祝いするくらいは自由だろ」

「そうでもないのよ。一人ひとりに与えられた幸せっていうのは、大きさが決まってるんだって。これからは大事に切り崩していかなくちゃ」

「じゃあ、ちょっとだけ幸せを切り崩して乾杯」

そういって俊也がグラスを上げると、ミキは、

「ありがとう」

と応えた。

「今年は仕事の年になるのかな？」

「今年も、じゃないかな」

「そんなに最近はまってるんだ？」

「それこそ歳をとる暇もないくらいね。でも、だんだん仕事以外のウェイトが少なくなっていく生活って、女としてどうかなって思うけど」

「ボーイフレンドはいないの？」

「いたらこんな日に簡単にアポ入らないわよ。最近お母さんからも結婚のことをよくいわれるんだから」

「そんなに急ぐ必要ないんじゃないかな」

「でしょ。でもうちは妹が二人とも早かったからね、仕事ばかりしてるのが理由なんじゃないかってうるさいのよ」

「じゃあ、今年は恋愛もか？　ずいぶん忙しい年になるね」

「もう何年もちゃんとした恋愛なんてしてないからね。こっちのほうは勉強しないと」

「ついに覚悟したか」

「覚悟し始めたってところかな。友だちはどんどん結婚していくし、結婚式に出たって純粋に喜べない歳なんだから」

「ミキが今までで一番結婚に近づいたのはいつ頃なの？」

俊也の質問にミキは、

「えー」

と一瞬考え込むと、

「最初の会社を辞める頃かな」

といった。

「会社のなかでつきあっていた先輩がいて、その人にプロポーズされた時かな」

「バツイチで子持ち？」

「そんなにありきたりな女に見える？　バツイチなのは正しいけど、子供はいなかったわよ。一〇歳くらい年上で、今でこそ何で好きになったのかなって思うけど、すごく仕事ができてカッコよかったの」

「その人を選ばなかったんだ？」

「仕事が楽しかったのよ」

そういうとミキは、仕事上のつきあいが男性に対する見方をいかに歪ませるかについて話した。

同じ方向を向いているときには怒られることすらうれしかった相手の顔が、別れたとたんに見たくもなくなる。そんな恋愛は二度としたくない。

「あれはあれで楽しかったんだけどね」

そういうとミキは、思い出すように俊也の顔を眺めた。

俊也はミキの笑顔を見ながら、今日はスパイスクルーズの話題を持ち出すのはやめようと思った。ミキが注文した湯葉の刺身とつくねの照り焼き、しめ鯖の昆布巻きがテーブルに並んだ頃には、あくまでも今日の食事は、友人としての近況報告に位置づけることにした。

しかし俊也の気持ちとは別に、仕事に話題を向けるとミキは面白いように会社のことをよく話した。それは以前と違って二人きりだったからかもしれないし、お酒が入っていたからかもしれない。

蒔田雄一郎は秋田県の出身だった。もともと地元で小さな商店を経営していたという父親は、後に県議会議員を数期にわたって務めるなどそれなりの知名度があったらしい。県内の有力校を卒業した蒔田は、都内の大学に合格すると同時に上京した。

大学での彼のコンプレックスは、勉強でも外見でもなく言葉だった。東北訛りの残る言葉遣いは今以上で、疎外感が海外へと気持ちを向かわせるきっかけになった。コロンビア大学に留学してＩＴビジネスの将来性に目覚めると、帰国してすぐに立ち上げたのが今のスパイスクルーズだった。

当初は企業向けのホームページ作成といったビジネスからスタートした同社は、インターネット上の相互レンタルの事業を手掛けてそれなりの収益をあげていたらしい。しかし結果だけをいえば、他のＩＴ企業と比べて際立った特徴を発揮することはできなかった。

蒔田が学んだのは、事業の収益性を見極める能力の重要性だった。

どんな企業にも、一つは優れた収益構造やビジネスモデルを有した事業がある。その点では、企業が新しいか古いかにおいて違いはない。コンピューターソフト開発から広告代理店、携帯ゲームソフト、インターネット専用旅行代理店に至るまで、将来性のある事業を有した企業への出資を通じて、スパイスクルーズは資産規模を伸ばしていった。

問題はどうやって企業にアクセスするかだった。そんななかでたどりついたのが、従業員中心の企業経営という考え方と労働組合を通じた経営参画だった。

「とにかく頭の回転が速いのよ」

ロゼワインを一口飲むと、ミキはそういって俊也を見た。

「いろんな企業の良いところと悪いところが全部頭に入っているの。どの事業を独立させれば大化けするかとか、会社はこの事業はいらないとか、そんなことをずっと考えてるのよ」

「儲かりそうな事業を見出す力が傑出しているんだな」

「そうね。こんな会社ってほかにもあるの？」

「どうだろう」

俊也は一瞬考え込むと、

「企業にどんどん出資していくことで成長していくビジネスモデルは、ユニークかもしれないな」

といった。

「しかも労働組合を通じてね」

「問題は本当にそれが機能するかどうかだよ」

「確かに。それは今のところ誰もわからない」

「それで魅力ありと考えたのがミキの会社なんじゃないの？」

　俊也がそういうと、ミキは笑い、

「それはどうかな。でもクライアントも相当増えて、今までにできなかったような大きな案件を回せるようになったことを考えると、あながち間違ってなかったのかもしれないな」

というと箸を置いて、酒蒸しからあさりの貝がらを取り除いた。

　ノマド企画は、インターネット広告のターゲットをスマートフォンとソーシャル広告に絞り込む戦略を発表していた。今後この市場は年間二〇〇％の成長を記録し、一〇年後にはインターネット以外の広告に使われる広告宣伝費用を逆転する可能性がある。

　今後重要なのは顧客の要望をどこまで忠実に実現するかというデータ主義であり、広告としての華々しさではないと蒔田はいった。いかに適切なタイミングで広告バナーを打つことができるかという問題の前には、広告の表現方法などは二の次なのだと。

このようなビジネスの方向転換は金額としてはまだ小さな変化でしかなかったが、着実に売上げも改善しつつある。何よりもこれまで経験の長い一部の社員の感覚に頼ってきたビジネス判断のプロセスが大きく変わろうとしているという点については、徐々に成果が見えつつあるようだった。

「今週なんて、まだ一度もオフィスの電気を消してないんじゃないかな」

ミキはグラスを置くと、俊也の驚く顔を喜ぶようにしていった。

「私も帰るのは遅いほうなんだけど、どんなに遅くても誰か残ってるし、朝も誰かが来てるのよ」

「戦場みたいだね」

「みんな死ぬ気で働いてるわよ。自分たちの会社っていう意識は強いから」

そういうミキの表情を見ていると、ノマド企画の動き始めている方向が前向きなものであることは事実のような気がした。

一つだけ気がかりだったのが、一部で生じ始めているという人材の流出だった。彼らの不満で典型的なものは、蒔田は結局のところビジネスを理解していないことだという。

いつか会社を売却しようと考えている人間が、本当に自分たちを理解してくれるのか。確かに業績は改善しつつあるかもしれないが、スパイスクルーズの傘下に入ったことで失ったものも大きいのではないか。

従業員中心の経営を志向していたはずが、いつの間にか彼らの離反を生んでいる可能性がある。企業に活力が出始めている一方で、そういう声が少しずつ出始めているとミキはいった。

「これはまだ決まった話でも何でもないんだけどね、独立しようっていう動きもあるの」

「新たに広告代理店を立ち上げるっていうこと？」

「そうなの」

ミキは俊也の問いにうなずくと、グラスの水を一口飲んだ。

「今やっている広告なんて、カタログみたいで何の面白味もないっていうのが、一部の人たちの不満なのよ」

「独立するっていっても、簡単にできるものじゃないだろ？」

「もちろんそうよ、でも仕事の方向性も違うし、給料も減らされたりじゃ、自分たちだけでやったほうがいいっていう気持ちになるのもわからなくないのよね」

ミキはそういうと、ある先輩から誘われたという独立の動きについて話した。

スパイスクルーズのビジネスに寄り掛かった方針を貫くより、自分たちの好きな分野を手掛けたいという仲間がいても不思議ではない。昔の仲間たちと一緒にやり直そうという意見もあがっているとのことだった。

「ミキの考えはどうなの？」

俊也が訊くとミキは、

「まだわからないな」

といって、手もとのおしぼりをたたんだ。

「やっと今の会社に慣れたばっかりだし、環境が変わるのは正直いってつらいなって思う」

「昔からの先輩は何ていってるの？」

「板垣さんのこと？」

ミキは俊也がうなずくのを確認すると、

「あの人はもう完全に経営者だから、会社を出る気なんてないと思うな」

といった。

「独立する難しさはわかってるだろうからな」

「それもそうだけど、今の会社で十分やったっていう実感もないのに、また会社が替わることに対する後ろめたさのほうが大きいんじゃないかな」

　そういうとミキは、

「私も同じ気持ちだから」

と苦笑いした。

　判断しかねているというより、そこまでまだ真剣に考えていないというようないい方だった。自分が今後どうしたくて、会社がどうなっていくのか。そんな大きな問いをいきなり持ち出されて、どう答えてよいのか考えあぐねているのが伝わってきた。

　黙って考え込むミキの表情を思い出しながら、家に向かうタクシーのなかで、俊也は自分がミキに会ったことを丸山さんにいわないだろうと思った。

　それはミキとの会話のなかに、スパイスクルーズが売りか買いかの判断をつけるほどの重要な材料が見つからなかったからだけではない。そもそもミキの主観に頼っている以上、ミキと会ったことが判断するうえでプラスになったかどうかすら定かではない。

投資対象に感情を持つなよ。そんな丸山さんの言葉を思い出したからだった。そんなことを一度でもすると、客観的に自分の戦略に臨めなくなる。適度な距離を保って、いつでも自分の感情を裏切れるようにしておくのがディーラーに求められる覚悟だと。ミキに会ったことを話せばそういわれるのは間違いない気がした。

一つだけいえるのは、丸山さんと同じように、俊也も蒔田に好奇心のようなものを持ち始めているということだった。完全にスパイスクルーズが正しいというわけではないにしても、彼らに対する周囲の反発は、修正されていく余地がある。その過程を取りに行くという戦略には自信を持つことができた。

このディールを自分も一緒にやらせて欲しい。明日にでも丸山さんにそういってみようと思った。

5　ディーラーはマーケットにおける敵味方の確認を怠らないこと

実際に二人が本格的にアクションを起こし始めたのは、一〇月に入ってからだった。蒔田は新たな支援のターゲットを、テレビ局を傘下に持つあるメディアグループに絞っていた。今回は長い戦いになりますよ。マスコミの取材にそういって前向きな姿勢を崩さなかったが、結果的には完敗といってよかった。

まず規制業種というのが、これまでの支援先との大きな違いだった。テレビ局は放送業免許を総務省から取得する必要があるため、独立するだけでは事業の継続はできない。また従業員一人当りの所得水準が高く、経営に対して強い拒否反応を有していないという点も大きかった。

結局のところ、会社に勤める人間が不満をいうのは金か人事に満足できない場合だ。いかに処遇改善を叫んだところで、従業員が現状に満足していれば蒔田の思うように人は動かせない。そんなことを思い知らされた案件になった。

この件を機に世間の関心は、スパイスクルーズから離れつつあった。他社に察知されずに買い始めるタイミングとしては絶妙といえた。

ディーラーは自分の持ち駒を使ってゲームを組み立てる。自分のつけるプライスをベースに、ビッド（買取り）価格とオファー（販売）価格を用意して自分の態度を表明する。その銘柄を売りたいと思えば安くオファーしてビッドも安くするし、買いたいと思えば逆にビッドを高くしてオファーも高くする。

丸山さんはスパイスクルーズの社債を買い方向として、両方とも他社より高めに設定した。毎朝のオファーシートのプライスを少し高めにし、その代わりビッドも高くして徐々に残高を増やしていくという戦略をとった。

このことを知っているのは、丸山さんと俊也だけ。ディール開始に際しては、チーム内でも情報を統制した。

何かが起きているらしいというざわめきのようなものが、あっという間にディーリングフロアに広がっていた。大きなディールを仕掛けるときはたいていこんなものだ。営業担当者はみなどんな動きがあるのか会話の節々で探りに来るし、フロアを歩いていると他のディーラーの視線を感じるようになった。

会社の外でも同じだった。来る日も来る日も買い続ける丸山さんに対して、他の証券会社や一部のメディアが噂を嗅ぎつけて連絡をとりたがった。

俊也が記憶する限りでは、市場にあるほぼすべての売りものを高値でビッドしていたのではないかと思う。情報を持っているものの優越感は、マーケットの先頭を走っていることの喜びでもあった。

何度か市場の関心をかきたてる大きなディールがあった。

一つはある地域金融機関の売りもので、スパイスクルーズの中間決算を受けてのものだった。決算自体は悪くない内容だったが、収益の内訳が変動の大きいファンド事業に集中していることを嫌気して売却に動いていた。

えげつない投資家だった。あらゆる業者に引き合い、各社の値段を公表してはさらに高いプライスが出るまで叩きまくる。金額も大きかっただけに、この売りものに対する注目度は高かった。

大きく買い値を後退させる業者も少なくないなかで、丸山さんが提示したのは、二番手の業者に〇・二〇％も差をつけるようなプライスだった。

〇・〇一％や〇・〇二％程度の差で勝負がつくこのマーケットでは、よく目にするような違いじゃない。ディーラーだったら自分のプライスが間違っていたのかもしれないと不安になるほどの差だ。

俊也たちが高値で買い取ったという噂を聞いて、追随して売りに出す投資家も何件か見られた。市場実勢より目立ってよいプライスを提示し、自分たちの戦略をマーケットに知らしめる。そんな意図が込められているのは明らかだった。

次に動いたのは、売買の動きが速いことで知られるある信託銀行だった。今度はスパイスクルーズの社債を何億か買いたいという話が営業担当者を通じて寄せられていた。驚いたのは丸山さんが、投資家の買いたいというプライスを聞かずに断ったことだった。

「本当に在庫がないんですか？」

「ああ、もう売っちゃって残ってないんだよ」

「この前別の投資家からビッドしてたじゃないですか？」

信託銀行の担当セールスが食い下がったが、丸山さんは、

「ほかにもいい値段で買ってくれる投資家がいるからな」

というと、それ以上何もいわず、パソコンのモニターから目を離そうともしなかっ

た。


　この話を俊也がコータローと山ちゃんにしたのは、丸山さんが帰った後、どうしても二人の動きがおかしいと問い詰められたからだった。

「おかしいと思ってたんすよ。やたらとスパイスクルーズの取引が多い割には、記録が残ってないんで」

「全部見えないように消してあるからな」

「営業チームはみんな、この銘柄の噂で持ちきりですよ。何かあるに違いないって。ボクなんて関係ないのに、食事に連れていかれそうになってますから」

「許してくれよ。情報管理だけはきちんとやらないとまずいんだから」

「わかってます。それで在庫も分けてるんでしょ？」

「もちろん。見えないだけで、これまで買い集めてきたスパイスクルーズの社債は全部持ってる」

「持ってるのに、買いたいっていう投資家を断ったんすか？」

「そうだ。せっかく高くてもいいから買いたいっていう投資家が出てきたのにな」

　俊也がそういうと、コータローは不思議そうに、

「丸山さんの狙いは何なんすか？」

と訊いた。

「ただのディーリングじゃないってことだろ。安く買って高く売る。それがディーラーの仕事だし、保有している時間は短いほどリスクが少ない。今売ったほうがいいなんて丸山さんもわかってるはずだよ」

「問題はプライスじゃないっていうことっすか？」

ディーラーをやっていなければわからない解の導き方というものがある。こういう時のコータローの勘は、さすがにディーラー的だと思う。

「狙いは買えないかもしれないという焦りを、マーケットに作り出すことだよ」

丸山さんは不満そうな顔で投資家に断りの電話を入れる営業担当者を見ながら、今は焦らせることが大事なんだといった。

どこにでもあると思うから、投資家は急いで買おうと思わなくなる。今しか買えないとわかったら彼らはどう動くか。空腹でもない人が、匂いに誘われて行列のできるラーメン屋に並びたくなるのと同じ発想なのだと。

「へえ」

口をぽっかり開けて俊也の話を聞くコータローを見ていると、こいつは本当にディーリングが好きなのだと思う。新しい世界が目の前で開けてくる瞬間に見せる顔だ。ディールに接する度にこんな顔ができるコータローが、俊也は素直にうらやましく思えた。

「市場のプライスを修正させるための戦略なんだよ」

「すごいっすね」

「丸山さんのいう、マーケットを作りに行くっていうのは、こういうことなんだろうな」

俊也のそんな言葉をコータローが何度も咀嚼しているのは、一人遅くまでパソコンのモニターをにらんでいる姿でわかった。もしかしたらモニターを見ていたのではなく、その先に映る自分の顔を見ていたのかもしれない。

何かが自分のなかで動き始める瞬間というのがディーラーにはある。そんなときに必要なのは、どんな助言よりも一人で考えることだというのは、俊也も幾度となく経験していた。

「ずいぶんいい値段を出してるみたいですね」

派手に動く俊也たちの動きを察して、何度か他社のディーラーからそんなことをいわれたことがあった。変わったことをしてますね。そんないい方だったが、実際のところは何が目的なのか探ろうとしているようだった。

俊也は、

「そうですか」

とだけいって適当にごまかしておいた。

「どうやらどこかのバカな証券会社が買ってるみたいで、うちもぜんぜんとれてないんですよ」

そういって笑う業者の話を聞いているのが煩わしくて、思いきり電話を叩き切った。当初このディールに感じていた抵抗感はもうどこにもなく、俊也も徐々に思い入れのようなものを感じていた。

マーケットでは上乗せ金利の縮小（タイトニング）が続いていた。

社債の値上がりは、日本国債からの上乗せ幅の縮小に反映される。株式市場が急激に上昇したことが大きかった。五月の安値からの上昇率は三〇％にも達し、投資家はリスク志向を強めていた。社債市場においても、徐々に手探りの買いが入りつつあった。

俊也たちにとっては、何よりもニュースがないこと自体が好都合だった。ベンチャー企業は一般的に、意思決定が速いという長所がある一方で、常に何をしでかすかわからないというリスクがある。

ある時点では良好な財務内容を有していても、M＆A（企業買収）に動けば一瞬にしてバランスシートが膨張し、債務バランスが悪化する可能性がある。投資家はそれを一番恐れていた。

久しぶりにまとまった金額の売りものが入ったのは、一〇月も下旬になってからだった。あるアセットマネジメント会社が一〇億ほど売りたいという。

二億～三億の取引が中心であることを考えると、比較的規模の大きなディールだ。その時点でスパイスクルーズの社債の残高は四〇億程度に達していた。

ＪＧＢ＋二・二〇％（単価：一〇〇円八〇銭）

ディーラーは市場の居どころを確かめながら、いかに安く購入できるか考える。この時ばかりは、コータローも山ちゃんも、丸山さんの提示するプライスを凝視していた。

「どうしたんだよ?」

コータローたちの視線を感じて丸山さんが笑うと、

「どうするのかと思って」

と山ちゃんがいった。

「何だよ、お前も口が軽いな」

丸山さんのにらむような目に耐えられなくなって、俊也が、

「すみません」

と謝ると、コータローが、

「塩崎さんが悪いんじゃないっす」

と口をはさんだ。

「ボクたちだって知っておきたいですよ」

「こんなに大きなディールをやってるんすから」

「お前ら、蒔田雄一郎が嫌いじゃなかったのか?」

「あいつのことは嫌いですけど、ディールは別じゃないすか」

「いじめないでください」

二人の真剣な顔を見比べるように眺めると、丸山さんは、

「まあ、ばれちゃってるんじゃ隠しても仕方ないか。でもチームの外には絶対に持ち出すなよ」

といって笑った。

「わかってますよ」

そういう二人の反応にうなずくと、丸山さんは、

「今日もガツンと勝負するか」

といって、モニターに向き直した。

「なかなかここまでまとまった金額での売りものはないっすからね」

「そうだな。でもこれだけ派手にやってくると、そろそろ他社がどう出てくるかも気になりますね」

俊也のそんな言葉に丸山さんはうなずくと、

「それを探るのがこのディールのポイントだな」

といいながらプライスを提示した。

この日はマーケットが動いていたにもかかわらず、何人もの営業担当者が俊也の席に近づいてきてはディールの成行きに関心を寄せていた。

以前はこの銘柄に興味を示す人がほとんどいなかったことを考えると、スパイスクルーズに対する市場の注目の高まりを反映しているともいえる。

俊也が提示した買取価格は、前日別の投資家からビッドしたプライスと同じだった。

しかし意外にも、競合他社が〇・一〇％程度低い利回り、つまり四五銭ほど高い価格を提示して全額さらわれてしまった。この一カ月で〇・五〇％だけだったが、着実に上乗せ金利は縮小している。

「上が出ているみたいだぞ」

担当セールスが意外そうな顔をして歩いてくると、

「本当っすか？」

とコータローが大声を上げた。

「来ましたね」

俊也が、自分たちより高いプライスが出たことがわかってそういうと、丸山さんが、

「ナイスディール」

と叫んだ。

コータローと山ちゃんは、わけがわからないという顔をして丸山さんを見ていた。

「これは負けるべきディールなんだよ」

「何でですか？　丸山さんだって、こんな金額の売りものはめったにないっていってたじゃないすか」

「いいんだよ。他社が突っ込んで取りに来てるだろ。俺たちが間違ってなかったっていうことなんだから」

俊也の代わりに丸山さんが、このディールでは勝ち負けは重要ではないといった。遅れて参戦する証券会社が出てきたことで、自分たちの戦略に自信を感じたことのほうが意義深いのだと。

俊也が驚いたのは、丸山さんがさらに高値で業者間市場にビッドを入れたことだった。

JGB＋二・〇五％（単価：一〇一円五〇銭）

さらに〇・〇五％下のレートで、単価にして二五銭上だった。

「いいんですか？」

丸山さんのビッドがモニターで点滅すると、営業チームのほうで電話が何本かいっせいに鳴った。突如として高い値段での買いがマーケットに示されたことで、投資家はみな何が起きているのか確認したがっているようだった。

「放っておけ」

営業チームからの問合せに対して、丸山さんは何もいわないようにと俊也に指示した。先ほどの証券会社がこの丸山さんのビッドを叩きに来れば、瞬時に数百万円単位の収益をあげることができる。

売れるものなら売ってみろ。俺がいくらでも買ってやる。そんな気持ちを伝えることが、一番の目的だった。

しかしその日は、いつまで経っても売りものは来なかった。インターネット関連の企業に広がった見直し買いの流れは、着実に広がりつつあるようだった。

どうやらある生命保険会社が買っているらしい。そんな噂が出始めたのは、何日か経ってのことだった。利回り次第だが、比較的大きめの金額でも買うことができる。マーケットでは積極的にリスクをとることで知られるその生保は、運用利回りを高めるために格付の低い社債まで投資対象を拡大していた。

「これでやっと参加者がそろったか」

おやつタイムになると、丸山さんはそういってノートに生保の名前を書き込んだ。表紙に何も書かれていないそのノートには、今後の戦略が記されているようだった。

「彼らも、今のプライスは行き過ぎだと思ってるんでしょうね」

「そうだな。最終的な販売先はこの投資家が期待できるとして、問題は彼らがどれだけ購入できるかか」

「いや、あの生保だけじゃないっすよ」

電話を切ったばかりのコータローはそういうと、

「投資家は少しずつ広がってますよ」

と振り返った。

「今のは買いの打診か？」

「ええ。それほど大きくない銀行っすけど、いくらだったら買えるかっていう問合せが来ています」

「またですか？」

山ちゃんが驚いたように訊くと、コータローが、

「今日だけでほかに二件、昨日も別の投資家から問合せがありました」

といった。

「ナイスディール、ナイスディール」

丸山さんは缶コーヒーを開けながらうれしそうに二人の報告にうなずくと、

「そろそろ次のステップに進むタイミングだな」

といって腕を組んだ。

丸山さんはこういう話をしていると、目をつぶり、背筋を伸ばして蝶ネクタイを指で引っ張る癖がある。頭のなかで何通りもパズルを組み変えているようで、俊也も同じように今後のストーリーを考えてみた。

「おかしいですよね。今までは見向きもしなかったのに、誰かが動き始めるといっせいに買いたがるんですから」

「結局みんな、流れに乗りたいっていうことだろ」

「プロとしてのプライドがないんですかね」

「不安なんだよ。マーケットを相手にパフォーマンスを残し続けなきゃいけないのが」

「そういう奴に限って、誰かのことを追いかけるのはものすごく速いんすよね」

コータローの言葉に一瞬笑い声が広がったが、丸山さんが、

「でもな」

というとみんなの表情が元に戻った。

「ここからはどんな投資家でもいいから、一件でも買いたいっていう投資家を広げていく必要があるぞ。何件かの買いが入っただけじゃ、値上がりもたかが知れてる」

「しかも時間がないですね」

「三月期末っすか」

「それまでに流れを作っておかないと、また別のリスク要因が出てきますからね」

いいながら俊也が隣を見ると、すでに丸山さんもカレンダーを手にとっていた。

勝負に分かれ目があるとするならば、一一月の前半から半ばにかけての時期は、重

要なシグナルを発していたのだと思う。ただ市場は、決してそこが転換点であることを声に出して教えてくれない。

いつも結果を突きつけてどうするかを迫るのがマーケットのやり方で、その声に気づくのはリスクをとることのない傍観者だけなのかもしれない。

アセットマネジメント会社の売りを最後に、市場ではスパイスクルーズの売りものはほとんど見られなくなった。

JGB＋一・五〇％（単価：一〇三円四五銭）

取引がないままに気配だけが上昇し、国債に対する上乗せ幅は縮小を続けていた。ターゲットとしていたJGB＋一・〇〇％という水準に近づくにつれ、いよいよポジションを売却する用意をしているのが丸山さんの動きからよくわかった。

ある日の昼休み前のことだった。他社からスパイスクルーズの社債を購入した信託銀行が、丸山さんの保有する社債をまとめて購入したいという申出をしてきた。先日と同じ信託銀行だった。

「今度こそ頼みますよ」

営業担当者は前回の引合いでは在庫をまったく用意できなかったことで、投資家から強くなじられたようだった。

「まいったよ。前回オファーできなかったことが相当頭にきたみたいでさ、俺まで呼び出されて何回も怒鳴られたよ」

担当セールスの隣で、熊さんが苦笑いをしながら立っていた。

「社債の在庫は、少しはあります。ただプライスが合うかどうかが問題ですね」

丸山さんの言葉に、担当セールスは投資家のターゲットレベルを示した。

JGB＋一・四〇％（単価：一〇三円九〇銭）

「これで買いたいといってます」

「どれくらい？」

丸山さんが投資家の購入したい金額を訊くと、担当セールスは、

「とりあえず三〇億です」

といい、値段次第ではもっと買えるとつけ加えた。

隣では営業チームの先輩でもある熊さんが、ハンカチで汗を拭きながら、

「何とかならないかな」

と頼み込んだ。

丸山さんはしばらくメモを見ると、

「これでは難しいと思いますよ」

といい、それより〇・二〇％低いプライスであれば売っても構わないと付け加えた。


ＪＧＢ＋一・二〇％（単価：一〇四円八〇銭）

丸山さんがターゲットに置いていたレベルには至らないが、ぎりぎりの妥協をしていることが俊也にはよくわかった。

しばらくこのプライスをめぐって、両者の我慢比べが続いた。信託銀行の営業担当者は、他社にも安いオファーがいくらかあるので投資家も無理はしないだろうといった。

マーケットに売りものはないはずだ。それが丸山さんの考えだった。どのタイミングで投資家に妥協を促し、どこまで投資家のわがままにつきあうか。その折合いのつけ方の勝負だった。

「大丈夫っすかね？」

昼食の弁当をデスクで食べ終えると、コータローがコーヒーを買いに、オフィスの一階にあるカフェに俊也を誘った。

「ここまで来たら、さすがに潮時かなって思うんすけどね」

「俺もそろそろ不安だな」

「さすがの丸山さんも熱くなりすぎじゃないすか」

「そう思うか？」

俊也はコーヒーを受け取ると、コータローのカフェラテができるのを待ちながらいった。

マーケットが開いている間はほとんど席から離れることのできないディーラーにとっては、弁当やコーヒーを買いに行く時が唯一外の空気に触れることのできる時間だった。

カウンターにある大型テレビでは、ブロンドの女性キャスターが大リーグの試合結果を伝えていた。

「俺も少しくらい売却するのは構わないと思うんだけどな」

「丸山さんのこだわりは何なんすか?」

「そりゃあ、収益だろう。実績のある人だ。刈り取れるものは全部刈り取るというのが信念だからな」

「それにしてもですよ。あれだけのリスクを抱えて走ってて、怖くならないんすかね」

確かにいったん安く購入した分を売却しても、今後プライスが上昇する可能性が低いわけではない。また何よりも在庫は十分すぎるくらいある。

今まで時間をかけてこのタイミングを狙ってきただけに、早く利益を確定してしまいたいという気持ちが俊也のなかで強くなっていた。

しかし席に戻ってみると、丸山さんの考えは正反対だった。

マーケットに流通しているスパイスクルーズの社債の多くを、自分たちが抱えている。その分リスクが大きいといえるが、ここから値段がどう推移するかは自分たち次第という見方もできる。丸山さんが次に売りたい値段が市場の値段で、買いたいプライスがマーケットのプライスになる。

大事なことは、誰が味方で誰が敵かをはっきりさせることだと丸山さんはいった。今はマーケットが自分たちについてくる。そんな環境で安売りする必要がない。それが丸山さんの考え方であり、投資家に歩み寄ることはなかった。

相手も一流の投資家だけに、意志が固かった。結局その日は両者とも譲らず、いったん投資家は買うのをあきらめるという返事が営業担当者を通じて入ってきた。

その日のスパイスクルーズの社債の評価は、投資家の購入希望価格であるＪＧＢ＋一・四〇％とした。在庫を評価し直しただけで、一日で一億円以上の評価益の計上になった。これまで損になることが少なくなかっただけに、思わぬ収益になった。

誰よりもそのパフォーマンスを喜んだのは部長だった。大きなリスクを覚悟のうえでポジションをとったことで、丸山さんに対する収益期待は大きかった。会議からの戻りぎわに丸山さんのデスクに寄ると、よかったなと肩を叩いて帰っていった。

俊也もパフォーマンスの計上自体はうれしかったが、ディーラーの立場からすればポジション残高が減らなかったのは明らかに失敗だった。

社債の評価は、市場の取引実勢をもとにディーラーが毎日更新する。理論上の価格ともいえ、いくら評価が上昇してもその値段で誰かが買ってくれるわけではない。リターンを前倒しして計上しただけで、決してリスクは減っていない。そのことは丸山さんの悔しそうな横顔からも認識することができた。

もう一つ気になるのは、社内のリスク管理部の動きだった。Ａマイナスの格付の社債は少なくないとはいえ、この一カ月で残高が急激に増加している。しかも通常のディーリング玉と違って、ほとんど回転せずに保有したままという点に、彼らが不信感を持たないわけがなかった。

ディーラーの保有在庫は、毎日計算されたうえでリスク量が担当者とマネージャーに報告される。スパイスクルーズについても丸山さんが何度かヒアリングを受け、あまり長期的に保有し続けるのはリスク管理上好ましくないという指摘を受けていた。

何回かのヒアリングは、部長からの承認もとっているということで簡単なポジション状況の確認にすぎなかった。しかし丸山さんの取引姿勢が変わらないどころかいっそうアグレッシブになるのを受けて、リスク管理部の指摘も厳しくなっていった。

「本当に大丈夫なのか？」

「何がですか？」

「例のポジションだよ。リスク管理部には君に任せているっていってあるけど、もっと詳しく説明するようにってうるさいんだよ」

部長が次に丸山さんのデスクに来たのは、何日か経ってのことだった。

部長は印刷したプリントを示すと、声を抑えて丸山さんにいった。前日ついにスパイスクルーズの社債残高が五〇億円に達したことを受けて、リスク管理部からあらためて指摘があったようだった。

俊也が隣で聞いている限りでは、残高を即座に圧縮するようにという彼らの要望にどう対応するかを議論しているようだった。

「こんな在庫の量で問題になるようだったら、最初からディールなんてやりませんよ。それくらいわかってたんじゃないんですか？」

「そういうけどな、部全体でもこの社債のリスク量は半端じゃない。目立つんだよ。そこはわかってくれよ」

先日とは打って変わって困ったような表情をした部長が肩に手を回すと、その手を振り払って丸山さんは、

「で、具体的に何ていってきてるんですか?」

と訊いた。

「今すぐに社債の保有額を二〇億円減らせってさ」

「冗談じゃない。そんなことできるわけないじゃないですか。在庫を持たずにどうやって稼げっていうんですか?」

丸山さんが即座に反応すると、部長は、

「それは俺だってわかってるよ。だからもう一つ選択肢を用意させたんだ」

と自分が譲歩を引き出したようにいった。

「何ですか?」

「資金調達コストの上乗せだ」

「というと?」

「年間二%のコストを、お前のポジションに上乗せすればいいといってきてる」

「ふざけるなよ」

部長がいい終わるなり丸山さんが怒鳴りつけると、辺りが一瞬静まり返った。

「そんなの、こっちの立場を何も考えてないじゃないですか」

ディーラーは、取引に必要となる資金を個別に資金部から借り入れている。通常であればきわめて低い短期金利で調達することができるが、リスク管理部の要求は高リスクの取引を継続するのであれば、調達コスト自体を高くするというものだった。

コストが高くなれば、いかにディーリングで収益をあげても利益は増えない。部長のくせにわからないのかよ――。丸山さんのいいたいことは想像できたが、丸山さんなりに部長の立場を考えているのは、少しだけいい方を柔らかくしたところに表れていた。

部長をじっとにらむ表情から判断するに、丸山さんが今回の措置に納得していないのは明らかだった。何かいえよ。問い詰める丸山さんの視線に、部長は何もいえなかった。

「わかりました。稼げばいいんですよね」

あきらめたように部長から目を逸らすと、丸山さんはいった。コストが高くなる以上、収益をさらに積み上げるしかない。翌日から丸山さんの購入ペースが一段と加速したのはいうまでもなかった。

6 ディーラーは負けた経験を忘れないこと

一一月のある日の晩、俊也は久しぶりに丸山さんと飲みに行った。コータローも山ちゃんも入れて飲みに行くのは、約一カ月ぶりのことだった。特に丸山さんと俊也は今回のディールが始まって以来、お互い一人で作業をする時間が増えたせいか、なかなか時間があわなかった。

四人は、マーケットの方向が当初の想定通りに進んでいることに乾杯した。ディーラーという職業は神経をすり減らす仕事だ。必ずしもマーケットと向き合っている時間が長いわけではないが、常に集中していなければならないだけに、疲れきって夕方には頭が働かなくなる。誰もが早く帰りたいはずだったが、ディールをしている気分を共有したいからか、いつになく興奮した雰囲気だった。

いつもはみんなの話を聞いていることが多い丸山さんも、楽しそうに会話に加わっていた。少なくとも今自分たちが勝っている分くらいは祝っていいような気がして、陽気に振る舞っているのがよくわかった。

　話題は自然と過去に向かった。俊也はかつて丸山さんが手掛けたというくつかのディールを持ち出しては、武勇伝に耳を傾けた。しかし昔話が一通り終わると、目の前の現実に話題が戻っていた。

「今何億くらい持ってるんすか？」

「六、七〇億かな」

　俊也が金額をぼかしていうと、コータローが、

「けっこうな金額になりましたね」

といった。

「マーケットの売り物の九割方は俺たちがビッドしてるだろうからな」

「他社のディーラーは不思議に思ってるでしょうね」

「いきなりこれだけの金額がマーケットから消えたんだからな」

　コータローの言葉に笑って答える丸山さんをうかがうようにして、俊也は、

「だいぶマーケットのプライスは修正されたし、そろそろディールの着地点を探しておくタイミングですかね」

といった。

「今全部売れば、売却益は五億円くらいっていうところですか？」

「年率だと、利回り二〇％は軽く超えそうっすね」

顔を赤くして話すコータローに、

「そんなになるか？」

というと丸山さんは、頭のなかで計算するように数字を口ずさんだ。

しかしにこやかな表情の一方で当初の戦略を変更する気がないとわかったのは、しばらくして、

「実は想定している買い手がいるんだよ」

と表情を変えずにいったからだった。

「どんな投資家ですか？」

「ヘッジファンドだよ。海外の年金資金を運用している連中だ。ファンドマネージャーが昔から知合いでな、スパイスクルーズに強い興味を持ってる」

「そんなにまとまった金額を買えるんですか？」

「金額は問題ない。資金量は十分ある奴らだ」

「リスクもとれるんでしょうね」

　山ちゃんの問いにうなずくと、丸山さんは、

「購入するかどうかの意思決定は迅速にできる」

と答えた。

「そんな投資家いたんすね？」

「早くいってくださいよ」

「俺だって最初から想定してたわけじゃない。うちが買い集めてるっていう噂を聞きつけて、向こうから連絡してきたんだ」

　そういうと丸山さんは、三人の安心した表情を戒めるように、

「でも値段は別の話だぞ」

と続けた。

「金はあるけどプライスにはとことんうるさい投資家っすか？」

「まあな。少なくとも簡単にこっちの値段を受け入れてくれるような連中じゃない。メリットを感じさせて、これ以上ないプライスだと納得させないと難しいだろうな」

「でもこれで一歩ゴールに向かって前進じゃないですか。三月までには結果を出さな

いと、さすがに部長も黙ってないでしょうから」

「まああの調子だと、それ以上引っ張るのは難しいでしょうね」

「いつものディールと違って難しいのは、投資家のほうもこっちの事情を把握してるってことなんだ」

不思議そうな顔をして話を聞く三人を前に、丸山さんは続けた。

「そのファンドマネージャーっていうのが昔うちの会社でディーラーをやってた奴でな、いろんな情報網を使って嫌らしいけん制をしてくるんだよ。三月までに結論を出さなきゃいけないこっちの事情なんてお見通しだよ」

「買いたそうなそぶりをしてるけど、いつ手を引くかわからないっていうことっすか?」

「そういうことだ。慎重にやらないと、いつの間にか逃げられたなんていうことにもなりかねない」

「いつから知合いなんですか?」

俊也の問いに腕を組むと、丸山さんは思い出すようにしていった。

「俺がディーラーになって二年目くらいだから、もう七年か八年近く前になるかな。

景気が一気に冷え込んで、ある大手自動車メーカーが経営破綻するんじゃないかって大騒ぎされてた頃だ。発行した社債残高が大きかったから、いったん投資家の売りが始まると、あっという間にプライスが下落してな、毎日のように一億単位で損してたような状況だったよ」

「聞いたことあります。その時のことは」

「知ってると思うけど当時は銀行がいくつもつぶれてたような環境だから、怖くなって投資家も売れるうちにいっせいに投売りしてくるんだよ。買い手なんていないから、こっちも安くビッドするしかない。俺だって必死だったよ。ディーラーになったばかりの存在で、会社に大損させるわけにいかない。一方で店頭の投資家対応もやめられない。日に日に増える損失をどうしようか悩んでいた時に声を掛けてくれたのがそのファンドマネージャーでな、まとめて買い取ってくれたんだよ」

「在庫はどれくらいあったんすか?」

「五〇億はあったかな。当時は夢のなかにも自動車メーカーの名前が出てきたくらいだから、今考えると冷静な判断ができていなかったのかもしれないな。とにかく外したいの一心だから、投資家に買い意向があるって聞いただけで、一日に何回も電話して状況を報告したよ。向こうにすれば、ポジション繰りで苦しんでる新入りのディーラーから安くだましとるなんて簡単だったんだろうな。最後の最後で買取価格を高くして、交渉してビッドアップしていただきましたって上司に伝えるといいよなんてアドバイスのお土産までつけてもらってさ。全部お見通しだったってわけだよ」

「丸山さんにもそんな時期があったんですね」

「ディーラーのイロハもわからなかった頃だからな。今ならそんなことにはならないよ」

「準備できてからマーケットは動いてくれるわけじゃない、ですか？」

俊也の言葉に丸山さんはゆっくりうなずき、グラスを傾けた。

「その後はどうなったんですか？」

「結果的には、自動車メーカーは外資系企業の出資を受けて持ち直した。奴はどこかで売り抜けて相当儲かったはずだよ。まあ、俺もディーラーをクビにならずに済んだから感謝するしかないんだけどな」

「むかつくほどうまい奴なんでしょうね」

「確かにそこらの機関投資家とはぜんぜん違う考え方で運用している。とにかく業者に稼がせてくれないからな。その後も何度か売買をしたことがあるけど、収益化できそうな案件しか興味を持たない。その点は徹底してるよ」

「そんな連中が興味を持ったのが、今回のスパイスクルーズっていうことですか？」

「そういうことだ。今は前向きに検討してる。ただ値段が気に入らないと思えば、平気でマーケットで売りを仕掛けるような連中だ。俺もいつかあいつらを見返してやりたいって思ってたけど、正直今回のディールで一緒になるとは思わなかった。相手が相手なだけに、さじ加減が難しいんだよ」

丸山さんはそういうと、腕を組んで三人の顔を見た。

かつてのヘッジファンドとの取引はもう二度と思い出したくないが、絶対に忘れてはならないと丸山さんはいった。昔と違う姿を見せることができるのであれば、もう一度そのヘッジファンドと勝負がしてみたいと。俊也には、丸山さんもそんな思いを持つということが意外だった。

スパイスクルーズのプライスは、緩やかに上昇を続けていた。しかし投資家層がそれほど広くないだけに、値動きは決して満足のいくものではなかった。証券会社の仕掛的な売買が時々見られたものの、必ずしも継続的な動きにつながらない。市場が強気になっては様子見に戻る。そんなことを繰り返していた。

丸山さんのいうヘッジファンドが、初めて買い意向を示してきたのは一一月末になってのことだった。一方向にプライスが動くタイミングを外し、売買の薄い局面でこそインパクトのある動きができる。丸山さんが話していたように、絶妙なタイミングを狙った彼らしい動き方だった。

まとまった資金を一気に動かす用意はすでにできているようだった。問題はオファーできる値段だ。投資家を刺激しないように慎重に話しているのが、丸山さんの電話から伝わってきた。

しかし結果としては、具体的な交渉に入る前に、ヘッジファンドは購入を見送ることになった。原因は、スパイスクルーズが突如として発表した、ある地方銀行に対する支援策だった。

蒔田雄一郎は、支援のターゲットを銀行まで広げていくことを発表していた。日本企業を変えるには、その象徴ともいえる銀行を変えなければならない。それが地銀への支援を表明した理由だったが、マスコミが騒いだのは、今までスパイスクルーズが支援してきた企業とは何から何まで異なっていたからだった。

まず会社の規模が大きかった。これまで中堅企業や特定の業界の小さな企業をターゲットとすることが多かったスパイスクルーズからすると、今回の地銀は株式の時価総額から収益水準、従業員数まで、あらゆる点で桁が違った。取引上のつながりも銀行という特性上、一般事業会社から地方公共団体、公的機関まで広範囲に及んでいる。

また何よりも、銀行という事業特性から来る違いが大きかった。銀行は預金を扱うという公共性の強さから、新規参入が制限されている。このような難しさを認識してか、珍しく緊張している様子が、モニターに映し出された蒔田の記者会見から伝わってきた。

銀行こそが、日本経済の最大の病巣だと蒔田はいった。こいつらが企業の経営者ともたれ合いの関係を続ける限り、従業員軽視の経営は何も変わらない。地域の顧客であり、預金者であり、株主でもある従業員のための経営姿勢を示すことが、日本の銀行の変化にもつながる。

何のしがらみもない立場だからこそいえる思い切った発言といえたが、珍しく記者の質問時間を制限し、早々に席を立つ蒔田の姿には、銀行との全面戦争になることに対する警戒心も感じられた。

「ついにやっちゃいましたね」

「やっちゃったなー」

シュークリームにかぶりつきながら、俊也はコータローに答えた。

「ここまで好き放題やってくれると、スカッとしますね」

「でも今回の相手は手ごわいぞ」

「自分たちの既得権益を守りたがるでしょうからね」

「ちょっと風呂敷広げすぎじゃないですかね」

山ちゃんがクッキーをかじりながら口をはさむと、工藤さんも、

「本当に忙しい人たちよね」

といって会話に参加してきた。

「これだけ銀行を敵に回すことをいうくらいだ。相当の覚悟があってのことなんだろうな」

「銀行だけじゃないですよ。今まで銀行が扱ってきた取引も全部見直すっていってるんですから、役所も取引先も放ってはおかないと思いますよ」

山ちゃんの言葉に、そんなことわかってるよ、という風にうなずくと、丸山さんは、

「蒔田は相当計算して銀行を選んでるよ」

といってインターネットで地銀グループのホームページを開いた。

「この会社は、もともと西日本を地盤とする地銀と第二地銀が統合してできた銀行だ。フィナンシャルグループなんていっているが、実際のところは経営統合がなかなか進まずにコストばかりが増えている構造にある」

「業績はここ数年下がり続けてますね」

コータローがプリントアウトした決算情報を確認しながらいうと、

「その通り」

といって丸山さんが振り返った。

「しかも両行の人脈が、いたるところでいまだに対立している。この対立構造を利用して、会社から有利な条件を引き出そうっていうのが蒔田の狙いだよ」

「今までのような強引な交渉だけじゃ、相手も簡単に譲らないんじゃないすか?」

「もちろん、蒔田だってそこはわかってるだろ。俺は今回のあいつの狙いは利益をと

ることじゃないと思うね」

「利益じゃなければ何すか？」

コータローの問いかけに笑顔を見せると、丸山さんは、

「資金繰りだよ」

といって足を組んだ。

「誰がどう見たって、ここまで銀行を敵に回したら、スパイスクルーズに金を貸してくれるようなお人よしの銀行はいなくなる。かといってマーケットから調達するといっても限界がある」

「銀行の資金を吸収しようっていうことですね」

丸山さんはうなずいた。

「スパイスクルーズの資金繰りを安定させるには、資金調達手段を確保する必要がある。銀行さえ傘下に置いておけば何かあったときに活用することができる」

「地元の預金はとり放題ですからね」

「しかもほとんど利息をつけずにな」

「でも預金者が今まで通りにお金を預けるかどうかっていう問題もありますよ。信用

できないと判断されれば、預金流失につながりかねない」

「もちろんそう思う人はいるだろう。でもこれは一般の預金者がどう考えるかだ。仮に一％の利子をつけるといったら、本当に彼らは預金を引き出すだろうか」

丸山さんはみんなの顔を見た。

「銀行だから大丈夫だろう。そう思う人が十人中二、三人いてもおかしくないんじゃないか」

「でもそれは法令違反でしょ？」

腕を組んで話を聞いていた工藤さんがそういうと、山ちゃんが、

「そうですね」

とうなずいた。

「事業会社が銀行を子会社とすること自体は可能ですが、親会社が有利に預金者のお金を使えないように別々に管理することが決められています」

「一般的な事業資金としてはどうなんだろう。スパイスクルーズは今のところ、銀行からの借入れはほとんどないはずだ。有利な調達ではないにしても、借入れを起こすことくらいは不可能ではないんじゃないか」

「蒔田が支援する企業への融資というかたちをとることはありえますすね」

「確かに。そうすればスパイスクルーズが借入れするわけではない。融資先の紹介というかたちを作れば大口融資規制にも引っかかりにくい」

「そうなのかなあ」

山ちゃんは何度もメガネを外し、ネクタイで拭いては掛け直しながらみんなの話を聞いていた。

焦ったときの山ちゃんの癖だ。

苦い顔をして丸山さんの発言にうなずく山ちゃんの表情を見ながら、俊也はこのディールが始まって以来この顔を見るのが何度目になるか考えてみた。

スパイスクルーズのビジネスを議論にする際に興味深いのは、感情的な好き嫌いを別にすると、誰も彼らの考え方を完全に否定しきれないところにあると思う。蒔田はいつも正論で社会のルールに挑戦してくるので、彼の考えを否定することにはどこか居心地の悪さを伴う。さまざまな議論を巻き起こさざるをえないのは、俊也のチームも例外ではなかった。

コータローは蒔田のビジネスの進め方に対する是非というより、純粋なディーリング対象として興味を持っているようだった。スパイスクルーズの社債の割安感は、地銀への支援表明以来さらに強まっていた。収益率は低下したが、実態が変わらないなかで今のポジションを手放したくない。そんなことを考えているのがよくわかった。

俊也の考えもコータローに近かった。ただそのこだわりが、自分が集めた情報をもとにディールを進めているという実感に根差しているのも事実だった。また銀行に対して挑んでいく同世代の青年に対する親近感があったといわれれば、否定することはできない。

一方で山ちゃんは、今の戦略を進めることに懐疑的になりつつあるようだった。スパイスクルーズは、借入枠の更新を解消されるなど、他の銀行との関係悪化が報道されるようになっていた。資金繰りが明確でない企業に対する俊也たちのポジションは過大といえる。そんな理由に加えて、銀行業界全体に対して戦いを挑むような態度が理解不能だというのは、いかにもアナリストらしい意見だった。

意見が割れ始めているチームにおいて、丸山さんの態度が読めないことが、俊也としては意外だった。丸山さんは、蒔田が銀行をターゲットにすることについては理解できるといった。しかし今のポジションを継続することについては、必ずしも全面的に同意というスタンスではないようだった。丸山さんは気持ちが揺れているときほど無口になる。そんなはっきりしない態度が苛立たしかった。

「スパイスクルーズの提案を全面的に拒否するそうだぞ」

蒔田が記者会見をした数日後、受話器を置くなり、丸山さんがそういって俊也を見た。

「地銀の件ですか？」

丸山さんはうなずくと、

「辞めたい奴は辞めろって、地銀の会長が会見で怒鳴ったらしい」

と苦笑いした。

「ひとまずは強気な回答というところですか」

「ならいいんだけど、ちょっと反応が早すぎるのが気になるな」

丸山さんはそういうと、飲んでいたコーヒーの缶を握りつぶした。

「普通、株主の意向を確認したいだろうから、スパイスクルーズの提案に意思表示するのは慎重になるはずだ。このタイミングで発言することのリスクは想定しているだろう」

「あの口うるさい会長のことですから、思ったことをいっただけじゃないですか？」

「ならいいけどな」

「違うんですか？」

「まあ、これは推測にすぎないが、すでに銀行側が従業員の切り崩しに動いている可能性はある。そうなったら情報が経営側に筒抜けなだけだ」

蒔田が二つの地銀が並立する状況をあえて利用しようとした背景には、従業員と経営との近すぎない距離感があったが、一度取り込まれてしまえば経営に対して戦闘的なスタンスをとることは不可能に近い。

「それくらいは理解して動いてるんじゃないですか？」

いった瞬間に丸山さんが、

「そう思う理由はなんだ？」

と不意に振り向いたので、俊也はたじろいだ。

「えっ？」

「だから、蒔田が銀行の特性もふまえて行動しているって、お前が判断する理由は何なんだよ？」

「何だっていわれても」

丸山さんの予想外に強い口調に、俊也は何もいえなくなってしまった。

先日ミキと会ったとき、彼女は蒔田が支援する以上は相当のところまで議論しているはずだといった。偶然や成行きに自分の将来を預けるようなことをする人間ではない。ただそんな理由を俊也がいったところで、丸山さんが納得するとは思えなかった。

「いいすぎたよ。すまんな」

丸山さんは驚いた俊也の顔から目を逸らしていうと、新しい缶コーヒーを買いに行った。

銀行に対する蒔田の要請は、従業員代表の経営への参加と、労働組合とスパイスクルーズが設立したファンドからの出資を受けることだった。出資は株式発行総額の七%。上位株主になることを意味するだけに、会社から否定的な反応が見られることは、想定されることだったともいえる。

「実はいったん見送るっていってきたんだよ」

その日の夕方、購入見送りを告げる丸山さんの悔しそうな表情を、俊也は今でも忘れられない。

「例のヘッジファンドですか？」

　俊也の問いにうなずくと、丸山さんは、

「いいわけがましく聞こえるかもしれないけどな」

と前置きしたうえで、

「もう少しで値段も折合いがつくところだったんだよ。こんなニュースが出る前まではな」

といって苦笑いした。

　丸山さんは珍しく、ヘッジファンドとのやりとりの詳細を口調まで真似して教えてくれた。今回のディールにかける意気込みを知るだけに、陽気に振る舞う丸山さんの姿がよけい痛々しく感じられた。

　また意外だったのは、山ちゃんがスパイスクルーズに対する姿勢を強硬にしたことだった。

　スパイスクルーズによる地銀の支援がもたらすリスク量は、今後ディールを継続することで相当程度拡大する可能性がある。スパイスクルーズの値動きを考えると、場合によってはこれまでの収益がすべて吹き飛ぶ可能性も否定できないというのが、山ちゃんの分析結果だった。

「こんなことは今さらいわなくてもおわかりだとは思いますが、スパイスクルーズの場合、どうやって資金を確保するかは信用力に決定的な影響を及ぼします」

「わかってるよ」

「そのために地銀に出資しようとしているといわれるかもしれませんが、銀行にケンカを売ることはスパイスクルーズにとって自殺行為に等しいと思います。資金繰りが悪化するという明白なデメリットがある一方で、地銀の経営権を得るという戦略の実現可能性も確かではありません」

「それなりにリスクがあることはわかってるよ。でも実績もあるわけだから、このディールだけで判断するのはおかしいんじゃないか」

「その実績があてにならない場合はどうするんですか。今まで相手にしてきた小さな会社とは違うんですよ。相手は銀行です。しかも地銀の会長がすでに反対意見を表明してるっていうじゃないですか。日本の銀行システム全体を相手にしているといってもいい。利益が残る今のうちに処分するべきだと思います」

　そういうと山ちゃんは、丸山さんの顔色をうかがうように、

「売りですね、これは」

といった。

「ダメか？」

「ええ、アナリストとしては売りといわざるをえないです」

「ちょっと待てよ。そんなに簡単に決めるなよ」

「簡単に決めてるわけじゃありません」

　俊也のチームでは投資判断は各ディーラーが決定するが、アナリストの判断を重視しなければならないというルールがある。判断の客観性を確保するのが目的で、アナリストである山ちゃんの売りという判断は尊重せざるをえない。

「何でこんな短時間で決められるんだよ。どう見たって簡単に決めてるだろ」

　俊也の強い口調に山ちゃんは一瞬ひるんだが、

「限られた情報のなかで考えた最善の策をいっただけのことです。それが納得できないというのなら何か材料を出してください」

といった。

「だいたい売るかどうかは俺たちが決めることで、アナリストのいうことに従わなければならないわけじゃないだろ。会社の信用力をどう判断したらそうなるのかいってみろよ」

「いつまで経っても塩崎さんたちが判断できないから、ボクがいってるんじゃないですか」

「ちょっと待てよ」

コータローは二人のいい方にびっくりしたようだったが、

「山ちゃんの立場もありますから。もう少し状況が客観的に分析できるようになるまで、待ってもらえばいいいんじゃないすか」

といって間に入った。

「そんなことといったって、ボクの意見は変わりませんよ」

「何だよ、そのいい方は」

俊也が山ちゃんの胸を突き飛ばすと、丸山さんは、

「まあ、待てよ」

といって立ち上がった。

「いずれにしても山ちゃんの考えでは、今回の支援が成功しても失敗しても、スパイスクルーズの信用力によい結果をもたらさないだろうっていう意見なわけだろ？」

「そう思います」

「ということは、今まで通りに買い続けるのはリスクが高まったというわけだ。戦略の修正は必要になるな」

「ちょっと待ってくださいよ」

「実際に丸山さんが想定していた投資家だって、買い渋ってるんですよね」

「そこまでのものじゃない。ただ企業の財務状況が大きく変わる可能性がある以上は、今投資するべきかどうか吟味したいって判断しただけのことだ」

「本当のところはどうだかわかりませんよ」

「わかってる」

俊也が口を出そうとすると、丸山さんが冷静な口調でそういったので、ひとまず話を聞くことにした。

「それもふまえて、修正すればいいと思うんだ。今すぐにこのディールを止めるのはやり過ぎじゃないかな」

「いつまで待てばいいんですか?」

「少なくとも一週間。それくらいあれば買い手の雰囲気もわかると思う」

丸山さんのそんな提案に山ちゃんは同意したわけではなかったが、否定することもなかった。俊也としても、その場は他の投資家の対応に戻るしかなかった。

スパイスクルーズをめぐる一連の動きに対して、どの投資家よりも先にアクションを起こしたのは格付会社だった。

スパイスクルーズは、あるメガバンクに設定している融資枠の更新を行わないという発表をしていた。自主的に設定を断ったようないいぶりだったが、実際のところは銀行側から圧力をかけられたという噂が市場に出回っていた。

問題は、このような資金繰りをめぐる憶測が格付の引下げ要因に挙げられていることだった。格付会社もまた、スパイスクルーズの抱えるリスクを無視できないようだった。丸山さんも何となくこのリスクを感じ取っていただけに、実際に格下げが発表された時には、むしろ最小限の格下げにとどまったことでほっとしている風だった。

Aマイナスから BBBプラスへ。
同社の信用力は依然として十分な水準にあるが、将来環境が大きく変化する場合に注意すべき要素がいくつか見受けられる。とりわけキャッシュフローの安定性には懸念があり、バランスシートが有するリスクを慎重に判断する必要がある。また同社の資金繰りについても注視すべき要素が少なくない。

このような発表が、格付会社のホームページに掲載されていた。

格下げは投資家の行動を大きく制約しかねない。A格までしか保有できない運用ルールの投資家から少額の売りが何件か見られた。しかし、すでに割安な水準まで調整が進んでいるからか、このニュースだけで大きく相場を崩す展開にはならなかった。

むしろ株価が上昇に転じていたことが、俊也たちが戦略を大きく転換するのを押しとどめたといえるかもしれない。結果的には山ちゃんも、予想以上にマーケットの反応が落ち着いていることで判断を留保するといった。

スパイスクルーズにとっては、初の大型支援策だった。久しぶりの独立支援ということもあり、株式市場は期待感を持ってこの動きを受け止めていた。

俊也が恐れていたのは、市場の持つこの期待感がどこまで持続するかだった。今回の支援策には蒔田のどのような戦略が隠されているのか。出資自体に大きな効果が期待できないことがわかれば、今までのディールの成果にも厳しい視線が注がれることになる。特に気になるのは、丸山さんの想定するヘッジファンドが、投資判断をどう変えるかだった。

そう思うと俊也は、何よりもミキの周辺で起きている独立の動きが気になって仕方なかった。従業員のための経営といいながら、多くの従業員が離反していくような動きが表面化すれば、市場はどう反応するか。

俊也はマーケットが閉じると、急いでミキに電話した。

会うのは彼女の誕生日以来だった。前回はミキの口から、少しでも蒔田雄一郎に関する情報が引き出せればよかった。それに比べると、今回の目的はただ聞くだけでは十分でない。ディールのことを考えると、ミキの周辺で起こりつつある独立の話を押しとどめ、会社の混乱を最小限に抑える必要があった。

俊也も忙しかったが、ミキも決して暇ではなかった。その点を差し引いても、何かとタイミングのあわない日だった。直前のミーティングが延びて、ミキが待合時間に三〇分以上遅れたうえに、予約していたはずのレストランでは俊也の名前が確認できなかった。

完全に店側のミスだった。別の店に入ったものの、音楽と他の客の声が騒々しくて話に集中することができない。店を替えたときには、すでにゆっくり食事をする時間も残っていなかった。

「どうしたの、今日はいきなり」

席に着くなり、ミキはそういって俊也の顔を見た。

「特に何があったっていうわけじゃないけどさ」

俊也はすぐにでも会話に入りたかったが、遅れたことに何一つ触れようとしない彼女の態度が気に食わなかった。

「忙しいんだね、広告代理店って」

俊也がそういうとミキは大きくため息をつき、

「私の会社が今、どれだけ大変だか知ってるでしょ」

といった。

怒る気力もないほどに疲れている、といいたそうなため息だったが、俊也としても
イライラして引き下がる気にならなかった。
「一度も連絡ができないくらいか？」
「そうよ。今日だって、これでも会議を途中で切り上げて、残ってる仕事も全部投げ
出してきたんだから。それくらい忙しい日だってあなたにもあるでしょ」
俊也がそういわれて思い出したのは、高校時代にミキとの約束をすっぽかした時の
ことだった。何かいわなければならないと思ったが、先に謝ってきたのはミキのほう
だった。
「ごめんなさい」
自分の声の大きさに気づいたように、周りを見ながらいった。
「何だか私、今訳がわからないくらい混乱してて。ものすごく疲れてくたくただし、
仕事のことだって誰に相談すればいいのかもわからなくて」
「いいよ。こっちこそ強くいっちゃって」
なかなか止まりそうにないミキの言葉を遮ると、俊也も怒ったことを謝った。
「仕事は相変わらず落ち着かないんだね」

「何だかよくわかんないな。充実しているようだし、回り道ばっかりしてるようだし」

「仕事が変わったときはそういうもんじゃないかな。環境も変わるし、人間関係に気を使ってる暇もないだろ」

注文を取りに来た店員が下がると、ミキは首を振った。

「そういうことじゃないの。それ以前の問題で、いつまで経ってもみんなバラバラで、これからこの会社をどうしていきたいのかがぜんぜん見えてこないのよ。昔はあんなに仲よかったのに、同じ方向に向かっている感じがしないの」

そういうとミキは、最近の社内異動でマーケティングの部署に移ることになった事情を説明した。

制作と営業の壁が取り払われ、マーケティングという切り口で部署を再統合する。それが異動のコンセプトのようだったが、背景にスパイスクルーズのビジネス方針の転換があるのはいうまでもない。

広告で重要なのは、どのスペースを確保するかではなく、どの顧客にどう訴えかけるかだと蒔田はいった。ターゲットとなるメディアを戦略的に絞り込む以上、我々の組織自体が変わらなければならない。同じように異動になった社員は少なくないらしく、ミキより経験の長い社員ほど違和感を隠していないようだった。

急激な方針転換は、フラットな組織運営を志向する蒔田の考えを強く反映していた。少人数のグループによる簡素で均一的な運営は、中間管理職のような立場の排除にもつながる。

しかしこのような変化が、社内のまとまりを生む以上に亀裂を生じさせてしまっているというのがミキの見方だった。新会社を立ち上げるという社内の動きが具体化しつつある話にたどり着くまで、それほど時間はかからなかった。

今回は前回と比べて時間がないうえに、資金面での不安も少なくない。ただ今まで一緒に作ってきたメンバーがほとんど移るかたちになるので、広告の質自体は以前の姿を維持することができるのではないか。

「そこにミキも行くことになるのかな?」

そんな俊也の問いに少し考え込むと、ミキは、

「そのほうがいいのかなって思っているの」

といった。

最初は確かに大変かもしれない。以前の失敗を繰り返さないためには、今の顧客網をどれだけ維持できるかが重要だ。営業に関してなら、自分がアドバイスできることもあると思う。

「板垣さんはどうするんだ?」

結論を急ごうとするミキに、俊也は違う角度から質問をぶつけてみた。

「あの人にその気はないみたい。結局大きな変化が起きることは望んでいないのよ」

「その人を尊敬していたんじゃなかったのか?」

「昔はね。別に今さらあの人の意見を聞いたって仕方ないから」

そういうとミキは、一度箸を手にとったが食べる気をなくしたように元に戻した。

出資金が足りないので、ミキも少し負担するつもりだという。今まで一緒にやってきた仲間でもあり、自信さえ持っていれば乗り越えられる。それがミキの考えだった。

「何いってるんだよ」

俊也がいわなければならないのはそんな言葉ではなかった。それは自分でもわかっていた。ミキの仕事に関する限り、納得のいくものを作って欲しいし、その点で妥協はしないで欲しい。

ただ少なくとも今しなければならないのは、社内の争いではない。俊也がいいたいのはそういったことだったが、いい出した自分が止められなかった。

「そんなことして何になるんだよ」

俊也の強い口調に、ミキは、

「何よ、そのいい方」

というと、びっくりしたような目を向けた。

「何になるって、みんなが今よりいい仕事が自由にできればいいに決まってるじゃない」

「そうかもしれないけど、今の会社でだってできないことはないだろ」

「もちろん、そんなの何度も考えてみたわよ。でも納得できない人が少なくないからこういう事態になってるんでしょ。現に社内はバラバラだし。塩崎君だったらわかってくれると思ってた」

「その気持ちはわからなくはないよ、でも前の会社ではダメだったから今の会社に買われたんだろ。同じことをして成功する保証なんてどこにもないだろ」

「みんなバカじゃないんだから、同じことなんてしないわよ。ただ、今よりはましになるんじゃないかって話をしているだけじゃない」

「わかってるけどさ」

気づくと俊也は、手もとのおしぼりを強く握っていた。

「今そんなことをしたら、会社がどうなるかわからないじゃないか」

俊也はスパイスクルーズの今の状況と、格下げに至った市場の評価について伝えた。さらに社内が混乱していることがわかれば、どれだけ会社が苦しい立場に立たされることになるか。

「そんなの関係ないじゃない。あいつの経営の仕方が悪いからこうなってるんでしょ。別に私たちが仕事をするのは、市場の評価のためでも格上げされるためでもないのよ。何で私たちがその責任を感じなきゃいけないの？」

そういうと、ミキはしばらく黙りこんだ。

もっともなことかもしれない。ミキは会社が苦しいから悩んでいるわけではなかった。自分たちの実力を十分に発揮できる環境がないから苦しんでいるのだ。その二つの立場のどこかに折合いがつけられるとも思えなかった。

俊也は何もいえずに、じっとミキの目を見ていた。どんな言葉を掛けても今のミキに届くとは思えなかったが、もしかしたらミキも同じことを考えていたのかもしれない。

高校時代と違うのは、お互い気が済むまでいい合うという姿勢から距離を置いていることだった。今日はやめようよ、そんな雰囲気が再び話し始めたミキの口調から感じられて、残りの時間は楽しい話題ばかりを探し出して話すことに努めた。

「塩崎君、今日は何だかおかしいよ」

別れ際、もう一度だけ念を押そうとした俊也にミキはいった。

「僕はただ、心配なだけなんだ」

「わかってるから、もういわないで」

そういうと、ミキは何もいわずに地下鉄の駅まで歩いた。

俊也としては、とにかく余計なことをして欲しくないだけだった。いま大事なのは、スパイスクルーズを取り巻く不安要素を取り除くことだった。それが結局はミキのためになる。わかって欲しかったが、改札で別れるまで口に出せなかった。

女性というものがきわめて扱いにくい存在だと思うのは、久しぶりの再会でこんないい合いをしたからではなかった。こんないい合いをした直後に、彼女を抱くことになるからだった。

なぜそんな展開になったのか、正直俊也にもうまく説明できない。思ったことをうまく言葉にできないだけでなく、思ってもいないことが身体では表現できてしまう自分が不思議でならなかった。

きっかけといわれれば、改札の前でなかなか定期券が見つからずに戸惑うミキが愛おしく見えたというしかない。もう少し一緒にいようと俊也がいうと、ミキは何もいわずに俊也の手を握り返し、点滅する信号の下でキスをした。

タクシーのなかで、二人は何も話さなかった。何が二人を突き動かしているのかわからないのに、話すことで確認できることがあるとは思えない。それはミキも同じ気持ちだろう。俊也は部屋の鍵を開け、バッグを置くと、明かりもつけずにキスをした。コートのなかに手を入れると、ミキの柔らかい感触が伝わってきた。

高校時代の二人は、ここから先に進むことはなかった。何度か公園でキスをしては身体に触れ合ったが、俊也が踏み込もうとするとミキの答えは同じだった。

まだ怖いから、ごめんね。そんなミキを受け入れたのは、あの頃の自分が、身体を通じて理解し合える男女の関係がどんなものかよくわからなかったからかもしれない。

首筋にキスをして唇を肩に移すと、ミキは大きな声で反応した。下着を外すと、ミキは両手を俊也の首に巻きつけ、崩れ落ちるように二人はベッドに倒れ込んだ。

暗闇にうっすらとにじむミキの白い肌を荒々しく包み込むと、ミキは俊也の指を手繰り寄せて強く噛んだ。俊也の上に乗りながら、何度も重なり合う部分を確認すると、このまま離れたくないといった。

窓から入る朝の光に気づいた時には、ミキはすでに部屋を出ていた。平日は会社のはずだから、一度家に帰ったのかもしれない。俊也はシャワーを浴びると、コーヒーを淹れながら昨日の会話を思い浮かべた。結局一晩を通して何一つ言葉は交わさなかった。その事実だけが、俊也を支えていた。

7 ディーラーは誰よりも先に自分の意見を表明すること

一進一退を繰り返しながら、マーケットは年を越えようとしていた。

その年の会社のクリスマスは、職場でケーキを食べるだけのささやかなもので済ませた。一番の理由は業績悪化から人員整理が行われていたからだが、丸山さんと俊也はスパイスクルーズのディールが気になって、みんなでパーティーという気分になれないのも事実だった。

年末になると多くなったのは、投資家や顧客との会食だった。通常は営業担当者やその上司で対応するが、証券会社主催のパーティーが同時に開催されるような日になると、俊也たちが人数確保のために駆り出されることが少なくなかった。

俊也としても、投資家の購入意向を自分で確認しておきたかった。

マーケットは大きく変わり始めていた。投資家は、多くが年末にかけてリスクポジションを落としていた。世界的に株価が下落に転じ、景気の悪化が鮮明になりつつあるタイミングだっただけに、リスクの高い投資対象に対して慎重姿勢を崩さなかった。

その日はたまたま担当セールスの都合がつかず、俊也にセミナーとその後の懇親会への参加が依頼されていた。通常このような場合はセミナーに出席するだけで会社に戻っていたが、蒔田雄一郎が出席すると聞き、俊也は懇親会にも参加することにした。

会場は立食形式で、顧客の周りを投資家やアナリストが取り巻いていた。経営者を取り囲む人数の多さが、企業の注目度を端的に示す。一番の人だかりの中央にいたのは、蒔田雄一郎だった。

蒔田は名刺を交換しては参加者と挨拶をすると、一人ひとり会社に対する意見を聞いているようだった。久しぶりに直接目にする蒔田雄一郎は、俊也の記憶以上に背が高いように思えた。

やや太り気味なのは以前のままだが、ネクタイをしていたことがテレビで見る姿と比べて落ち着いた印象にしていたのかもしれない。ただ話すときに相手をじっと見つめる目は普段のままで、訴えかけるような意志の強さを潜めていた。

メモをいっさい見ずに出席者たちの質問に次々と答える姿は、俊也と同年代と思えないほどの自信に満ちていた。アナリストや投資家の質問は、多くが最近の企業支援策や会社としての戦略に向けられていた。

企業に出資しては売却を繰り返してきた蒔田が、今どんな企業に関心を示しているかに注目が集まり、一方でワイドショーでも取り上げられた独身の私生活が関心の的となっていた。

周囲が蒔田のコメントを引き出すたびに俊也が感じたのは、興味でも失望でもなく焦りだった。それは誰よりも蒔田のことを調べ、スパイスクルーズのリスクをとっているはずの自分が、何も蒔田の関心を呼ぶことのできない事実から生じていた。どうすれば蒔田を振り向かせることができるか。そんな考えが俊也の頭から離れなかった。

「塩崎君じゃねえか?」

俊也の不安を打ち消したのは、意外にも蒔田雄一郎本人だった。

驚いた俊也が何もいえずに立ちすくんでいると、蒔田はまだ少し訛りの残る言葉で、

「いやあ、ひさしぶりだなあ。大学のとき一緒のクラスだったべ。あれ以来じゃねえか？」

といって握手を求めてきた。

「そうだったか」

「君もアナリストになったんだが？」

「いや、僕はディーラーなんだ。今日はたまたまうちの担当者の代わりに出席することになってさ」

「頼もしいな。僕の会社はご存知のとおり、証券市場でファイナンスをしなければやっていけない会社だもんだがら、ぜひいろいろ意見を聞かせでけねが」

蒔田は独特の口調でそういい、もっと話を続けようとしたところで会場の担当者らしい人間に何かを耳打ちされた。先を促されているに違いなかった。

「悪いな。今はまだ回らなくちゃならない先があるから時間がねえんだども、君がよければ、終わったらちっと飲むべ？　こんなところだば、気引けるべ」

「わかった。待ってるよ」

蒔田は部下を呼んで自分の名刺を用意させると、裏に店の名前を書き込んで差し出した。

「西麻布にあるバーなんだ。八時には着くと思うから、先に行っててもらえねえべが」

俊也は名刺に書かれた蒔田の名前を見ながら、大学時代の二人の関係を思い起こした。接点がほとんどなかっただけに、蒔田が自分を覚えているのが不思議だった。

蒔田が店に来たのは、約束の時間ほぼぴったりだった。ドアを開けた時から、カウンターに座っていても蒔田とすぐにわかる慣れた入り方だった。

「悪いな、いきなり誘って」

「いや、こちらこそ。どうせ暇だったからいいんだ」

「パーティーでは何か食べたのか？」

「少しだけな」

「しかしひどいな、君の会社のパーティーの食事は。別に君が決めてるわけじゃないだろうからいわせてもらうけど、あそこまで人をもてなすという態度をおろそかにしている会社はないよ」

「どこもあんなもんじゃないのか。他の会社と比べたことなんかないけどさ」

「あんな食事ばかり毎日食べてると、自然と違いがわかるようになるもんだよ」

「コスト削減を徹底した成果かもしれないな」

そういうと俊也はビールを二人分頼もうとしたが、蒔田は俊也を遮ってブランデーを頼んだ。

「最近飲みすぎちゃってさ。ワインも控えるようにしてるんだ」

「ワインはだめで、ブランデーはいいのか？」

「これは気持ちの問題だよ。気分が落ち着く効能には代えられないからね」

「よくわからない考え方だけど、身体には気をつけろよ」

そういって蒔田の顔を見てから、俊也は初めて話し方が変わったことに気づいた。

「訛ってないんだな」

「えっ？」

「いや、テレビで見ていると、方言が入っているように聞こえたからさ」

「ああ、あれか。よく見てるな」

蒔田は一瞬考え込んでから思い出したようにいうと、

「なかなか難しいんだぞ」

と大声で笑った。

「普通に話せるのか？」

「君も不思議な奴だな。よっぽど昔から俺に関心がなかったんだな。俺だって田舎から出てきてもう一〇年以上になるんだぜ。職業上の要請っていうもんだよ」

「何だ、そうだったのか」

「世間の感情っていうのは難しいぞ。今日俺に好意を持ってくれた人が、明日になれば文句しかいわなくなるなんてよくある話だ。でも彼らを絶対に敵に回しちゃいけない。俺のルーツはあくまでも秋田にあるし、日本のド田舎に根差したものだ。あれはあれで会社のファンを作るのに重要なんだぜ」

「会社を経営するのも、いろいろと大変なんだな」

　そういって俊也が思い出したのは、戦略なのよね、といったミキの母親の顔だった。

　蒔田は笑うと、

「塩崎はディーラーっていったっけ？」

と思い出したようにいった。

「まあな」

「うちの会社はどうなんだ？」

「どうって、うまくいってるんじゃないのか」

「表向きはな。でも至るところひびだらけだ。そんなこともディーラーだったらわかるんだろ」

「そこまで詳しくは見てないよ。いろんな企業を売り買いして、サヤを抜くだけだからな」

「ウソをつくなよ。あの時何かいいたそうな目をお前はしてたぞ」

「そうか？」

「こうやって毎日のように投資家やらアナリストやらの相手をしていると、どの人間が不平をいいたいかなんて一目でわかるようになるよ」

「大したもんだな」

「経営者なんてみんなそうだよ。そうでもなければ、何百人もの社員の生活を面倒見ることなんてできやしない。君は何か俺にいいたかった。そうだろ？」

「参ったな。実は訊きたかったことはなくもない。でももういいんだ。だいたいのことは理解できた」

「俺はよくないんだよ。そういう不平を聞くことで会社は必ずよくなっていく。会社を将来どうしていこうなんてことを人前でいいたがるのは、自分の会社の不平を聞くことを忘れた人間のすることだからな」

「わかったよ」

そういうと俊也は、椅子に座り直した。

「何だ、銀行の件か？」

「まあ、そんなところかな」

「やっぱりあれか」

うなずく俊也を見ながらタバコを取り出して火をつけると、蒔田はゆっくりと煙を吐き出した。

「地銀の件に関しては正直なところ、まだいえることは何もない。狙いはあるが、みんなまだ十分に理解できているとは思えないからな。まあ直ぐにわかる時が来るよ」

「そういういい方はごう慢なんじゃないか。投資家はみな君の経営手腕に期待して投資している。固いことをいうようだけど、市場から資金を調達している以上、理解してもらえるように努めるのが君の役割じゃないのか」

「そのうち誰でもわかるようにするつもりだよ。確かに会社の規模は大きいかもしれないが、今までだってこの段階でいちいち説明なんてしていない。実際にマーケットの反応も悪くないだろ?」

「今のところはな。ただし投資家だってバカじゃない。金の使い方のわからない社長に金を預けるほど間抜けなことはないからな。一度投資家にそっぽを向かれると、修復するのに大きなコストが掛かるっていうことくらいわかるだろ」

「金の使い方がわからないとは君もよくいうな。今までどれだけの会社を俺が生き返らせてきたかわかっていってるのか?」

「それは認識してるよ。だから僕だって、少なからず君の会社に投資している。君にいっておきたいのは、あんなくだらない会社に手を出して、資金をムダに使うのはやめろっていうことだ」

「ムダかどうかが何で君にわかるんだ?」

「もちろん僕は経営者じゃないから、君の考えを完全に理解できているとは思わない。銀行に手を出したのは、今後の君のビジネスを大きく広げる可能性があるからといいたいんだろ。でもそれ以上に君が今焦ってることくらいはわかる。資金をどう活用すれば市場の求める収益をあげることができるか、君自身わからなくなってるということはないのか？」

「なるほどな。それが君の要望か」

「要望じゃない。忠告だ。僕だって大事な金で損したくはないからな」

蒔田は俊也から目を離すと、ゆっくりとグラスのふちを親指でぬぐった。

「さすがはディーラーだな。稼げるかどうかの視点でよく見ている」

「少なくとも、今君がしなきゃいけないのは効果も定かでない会社に手を出すことじゃないだろ。それとも銀行経営にでも憧れてたか？　今まで買った会社がどういう状況にあるのか、もっと精査したほうがいいんじゃないのか」

「というと？」

「君の買収した会社には、人材に多くを依存するビジネスが少なくない。仮にそういった部下が流出するとなれば、会社にとって痛手にならないのか？」

そんな俊也の質問に、蒔田はあらためて俊也の目を見た。

「それは具体的に、どのようなことを懸念していっているんだ？」

「いや、これはあくまでも一般論だよ。たとえば買収した企業の人材が他の企業に引き抜かれるようなことがあれば、活性化できたとはいえないだろ」

「君らしくないいい方だな。一般論には一般論でしか答えられない。そんな議論をしている暇がないことくらいわかってると思ってたけどね。個人的にも仮定の話に答える気はない」

蒔田がそう断言すると、バーの入り口のほうでざわめく声が聞こえた。蒔田の存在に気づいた女性客が、話をしているのがわかった。

「フェアじゃない。そう思わないか？」

一瞬間を置いてから蒔田はそういった。笑いを含んだような蒔田の視線が、じっと俊也の返事を待っていた。

俊也がそこで会話の流れを変えなかったのは、ディーラーは誰よりも先に自分の意見を表明しろという丸山さんの言葉を思い出したからだった。

「君の買収した会社の一部に、集団で独立するような動きがあった場合にはどうだ？もちろん仮定の話としてではなく、現に今起きつつある動きを、君自身が想定していたのかという意味で訊いてるんだ」

「そんなことがあるはずないだろ」

「そうか？」

「ありえないよ。実力本位で人材を見極めているつもりだし、処遇面だってそれぞれの会社で実績を残しただけ認められるようにしている。それに何よりも、彼ら自身が経営者のように会社のことを考えてくれているはずだ」

「それは君らしくない、ずいぶんと楽観的なものの見方だな。そんなに従業員を信用しているのか？」

「信頼なんてもんじゃない。彼らがいなければ、どの会社も立ち直る前につぶれていただろうからな。人間だって動物だ。面倒を見てくれる存在に忠誠を尽くす。青くさいことをいうと思うかもしれないが、従業員に対して必要なのは管理じゃない、愛情だ。どんなに競争環境が厳しい会社でも、組織で戦う以上その原則は変わらない。だからこそ従業員のことを第一に考えることが大事なんだ。業績も株価も放っておけばついてくる。俺の考えがきちんと理解できていれば、彼らにこの会社から出ていくメリットがあるとは思えないな」

「ノマドもか？」

いってから、俊也は自分が踏み込みすぎたと思った。

俊也をじっと見る蒔田の目を直視できなかったのは、ミキの表情が頭にちらついたからだった。

「たしかにあの会社のビジネスは、出資した企業のなかでも特殊なところがある。今までのやり方に固執している人間が少なくないからな」

そういうと蒔田はグラスを一口飲み、俊也の目をじっと見た。

次の言葉が出てくるのを待っているようだったが、俊也が何も話そうとしないことがわかると、あきらめたようにいった。

「もちろん俺もそういったことが生じないように、最善の対策を講じているつもりだ。といっても結局は人の心だからね。とことん蒔田雄一郎のことが嫌いという人間には、何をしても無駄だ。さっきの話は、警告として興味深く受け止めるよ」

そういうと蒔田は、

「少し何か食べないか？　ここのハムはけっこういけるんだぜ」

といって、店員を呼んだ。

店員が生ハムを用意し、他の料理の説明をしている間、俊也は蒔田の横顔を見ながら、自分のいったセリフをもう一度思い浮かべてみた。

珍しく蒔田は顔に感情を出していた。今まで認識していなかった事態が自分の会社に生じていることが気になっているのは、グラスを傾けながら何度か俊也の顔色をうかがうしぐさからよくわかった。

蒔田の発言を一つひとつたどり直しながら、自分の言葉が少なからず彼の感情に痕跡を残したことに、俊也は充実感のようなものを覚えていた。

二人は飲みながら、大学時代のことについて話した。

蒔田は、ある種の典型的な大学生のようだった。生活の中心がアルバイトで、記憶に残っているような授業はほとんどない。サークル活動にも参加しなかったので、親友と呼べるような友だちは大学にいなかった。

誰にも負けないことがあるとすれば、アルバイトの数だと蒔田はいった。バイク便から家庭教師、ビルの警備、犬の散歩、ドラマのエキストラまで、あらゆることを経験した。それらの一つひとつが今のビジネスに活きているというのはいい過ぎかもしれないが、どんなことでもビジネスになりうる要素があるというのは自分なりの教訓なのだと。

俊也が一番意外に思ったのは、弟の入院で大学を長く休んだという点だった。卒業が一年遅れたというのも初めて聞いた話だった。

「昔から身体が弱かったんだよ。小さい時から何度も入院ばっかりしててさ」

「知らなかったよ」

「弟のことなんて誰にも話すまいって決めてたからね。いいたくないっていうより、いないものとして扱ってたのかもしれないな。君は兄弟はいないのか?」

「二人いるよ。上と下。姉と弟だ」

「そうか。でも障がいは持ってないだろ?」

俊也はうなずいた。

「弟は脳性まひだったんだ。障がいを持った兄弟っていうのは不思議なもんだぞ。家に一緒にいるときには、こいつのためなら何でもやってやりたいって思うんだ。かわいそうで仕方ないし、自分が外で遊んできたようなことが弟は何一つできないんだからな。でもいったん家の外に出ると、そんな感情はいっさい持てなくなる。恥ずかしいって思ってさ。一緒に歩くのさえ、嫌になるんだよ。情けないだろ?」

「大変だろうっていうことはわかるけど、僕は経験したことがないから想像もつかないな」

「そうだろうな」

蒔田はハムを一掴み口に入れると、ゆっくりとブランデーを飲んだ。

「障がいのある身内を持った人間が少ないわけじゃないんだ。どんなに少なく見積もったって、日本人の二〇人に一人は障がい者だ。少なく見えるのは、一緒に人前に出ようとしない俺みたいな奴がいるからだよ。大変なのは母親だ。いつも一緒にいてあげてさ。俺も手伝わされたことがあるけど、嫌で嫌で仕方なかったね。ある時、母親がどうしても学校に弟を迎えに行けなくなってさ、代わりに行かされたんだよ。学校のなかでは同じような障がいのある子供たちがたくさんいるし、先生もいるから俺も普通に振る舞える。でもいったん外に出るとたまらないんだ。どうしても周囲の目が気になってな。別にみんなが自分を見てるわけじゃないってわかってるんだけど、どうしてもちょっとしたしぐさで自分が笑われてるような気がして、視線を逸らせたくなるんだ。わからないだろうな」

「そんなことないよ」

「今でも覚えてるよ、駅からの帰り道、弟の車椅子をずっとうつむきながら押してた時のことだ。弟が俺のほうに顔を上げて、うーうーって唸るんだよ。大声で。知ってたんだ。うーうーっていうのはすごく機嫌のいいときで、大きな声で唸ったときは思いっきり笑いかけてあげてくれって。母親がいってたのは覚えてたけど、俺は恥ずかしくてさ。頭の後ろに枕代わりにしてあったタオルを顔に掛けたんだよ。家に着くまでおとなしくしてろって。そうしたら暴れて大変でな。ひどい兄貴だろ。今でもあの時のことは頭にこびりついて離れないよ」

店員が料理を持ってくると、俊也の分を取り分けながら蒔田が続けた。

「歳が九つも離れてたからな、俺としてもどう接すればいいのかわからないまま、弟だよって与えられたような感覚だったんだ。もっと近ければ普通の兄弟でいられたのかもしれないし、もっと自分が大人だったら子どもとして受け止めてあげられたのかもしれない。どっちにしても一一歳で死ぬまで、兄弟として遊んだ経験なんてほとんどなかったよ」

「それが大学のときか?」

「その通り。死ぬのもあっという間だったな。あめ玉が好きでさ。いつも母親が少しだけあげてたんだけど、たまたま飲み込んじゃったんだ。母親も外しててすぐには気づかなくてな。のどに詰まって、息ができなくなって、救急車で運ばれた時には手遅れだった。あめ玉一個だぜ。この世の中どうなってるのかと思うよ。ほんのこんな小さなあめ玉だよ。弟が死んだ日の夕方、病院から帰ってきた時のことは忘れない。布団を片付けようとしたら枕の下から同じあめ玉が二つ出てきてさ、おそらく母親の目の届かない時に隠しておいたんだろうな。母親が枕を動かした時に、あめ玉が音を立てて床を転がっていったのを覚えてるよ。結局弟は助からなかった。俺がいうのもどうかと思うけど、みじめな人生だよ。苦しむために生まれてきたようなものだし、ほとんど家族と病院以外に存在すら認められなかったんだからね。俺もその時はその事実に呆然としたよ。一番苦しかったのは母親だね。自分のせいだって思いつめてさ。いつかは死ぬ運命だってわかってても、そんなことが目の前で起こると、自分のせいだと考えちゃうんだ。わからなくはないけどね。だから弟の看病で休んだっていうのは正しくなくて、正確には母親の看病で休まざるをえなかったんだ」

「大変だったんだな」

「まあ、ありきたりな表現をすればそんなところだな。大変だった。確かにそうだ。でも俺の受け止め方はそんなんじゃない。人の生き方に影響を与える経験とそうでないものの違いって何だかわかるか？　俺の理解はこうだ。それが誰にも共感されえない自分だけの経験かどうかだ。弟にあめ玉しかあげられなかったみじめな気持ちは、結局のところ誰にもわかりはしない。でも俺にとっては、生きていくうえでの絶対的な価値基準になった。得られるものがあめ玉か会社かなんていうのは、人それぞれだ。自分の環境を受け入れるだけじゃ何も始まらない。はっきりとそう自覚したのが大学時代だね」

そういうと蒔田はフォークでポテトを刺し、口に運んだ。

「俺だって弟のような生き方はしたくない。でも考え方によっては、俺たちだってほとんど変わらないと思わないか。確かに自由に歩けるし、やりたいことができる。他人に干渉されずに物ごとを決めることができるし、ある程度影響力を持つこともできる。でもそんなことは与えられた環境のなかだけの話だ。朝会社に行って、机に座って、飯を食って、たまに飲んでいい気分になって。そんなことはただ決められた順序をなぞっているだけで、弟の生き方と五十歩百歩でしかないと思うね。俺はそんな生き方に満足できないし、そんなことで充足している連中が心の底から理解できない。ただ与えられ金が一番なんていうつもりはないし、別に偉くなりたいわけでもない。ただ与えられたものを当然のことと思って、満足し切っている奴らが許せないんだ」

そういうと蒔田は、しばらくじっと自分の手のひらを眺めていた。

「だから銀行を変えようっていうのか?」

「別に銀行だけじゃない。あいつらは腐敗した日本企業の象徴だ。威張り腐ってる企業の経営者がいかに自分のことしか考えていないかを、俺はこのディールを通して世の中に示してやりたいんだ」

そういうと蒔田は、自分が今までに支援してきた企業がどうやって立ち直ってきたかについて話した。

従業員中心の経営という言葉が独り歩きしているが、別に従業員だけで経営を進めていくわけではない。経営者が従業員に対してしてきたことを、相互にやることが重要なのだ。従業員が経営者の評価もするし人選も行う。そうすることでお互いに対する関心が高まり、疎外感なく仕事ができるようになる。そんなシステムが、すでにいくつかの会社で動き始めているのだと。

「すばらしいと思わないか?」

満足そうに話す蒔田に、俊也は、

「僕はまだ判断できないよ」

としかいえなかった。

「僕が気になるのは君の会社の業績や格付であって、残念ながら君のいう理念とか理想まで理解できそうにもないよ」

「君までそんなことをいうのか。それじゃ利益を追求するだけのアホな投資家と同じじゃないか」

そういうと蒔田は、もう少し日本の投資家も金融機関も大局的に物ごとを判断するべきなんだよといった。何も自分は目立ちたいわけでも、自分の利益だけを考えて行動しているわけでもない。一番気に入らないのは、何も考えずに自分たちのことを非常識だとか無謀だという批判だ。そんなことをいう人間に限って、目の前にある疑問から目を逸らしたがる。

俊也はそんな言葉を聞きながら、丸山さんが蒔田の存在が気になるという理由もわかるような気がした。二人とも自分のどこかに納得がいかず、過去にけりをつけようともがいている。

「どうして僕のことがわかったんだ?」

帰り際になって、ずっと気になっていたことを俊也は訊いた。

「忘れるわけないじゃないか。記憶が遠くなっても、友人の顔は見れば思い出すもんだよ」

「そうか？　お互いあまり接点がなかったから意外に思ってさ」

「それは君が俺に関心がなかったからだろ。少なくとも、俺は君のことを意識してたよ。ガツガツした奴がいるなって思ってさ」

「ガツガツ？」

「ああ、特にその目がな」

俊也の驚く顔を見て笑うと、蒔田は、

「自分の目っていうのは、いわれないと気づかないもんだぞ」

といって店員に会計を頼んだ。

「そんなこといわれたのは初めてだな」

「いつも周囲に対して一歩引いて、でも何か物足りなくて、何かいいたそうで」

「よく覚えているな」

「ああ、それが自分に似てるって思ってたからかもしれないな」

そういうと蒔田は席を立ちながら、

「その点は変わってないようで安心したよ」

といった。

当時の自分がどんな目をしていたのか、今となっては確かめようがない。ただ蒔田のいうことに少しでも近い点があるとすれば、自分なりの世界の見方のようなものをいつも探していたような気がする。

そのことを会社に戻ってから話すと、丸山さんは、

「わかるような気がするな」

といって笑った。

夜一一時を過ぎるまで丸山さんがオフィスに残っていることはほとんどない。来週から海外出張でやらなきゃいけないことがたくさん残ってるんだよ。面倒臭そうにキーボードを叩きながら、丸山さんは禁煙のディーリングフロアで空き缶を灰皿代わりにタバコを吸っていた。

「まず自分以外のことに関心がないだろ」

「そこですか?」

「それに何ごとにもハスに構えたその態度だ」

「ディーラーである以上、他人の色メガネで見ないようにしているだけですよ」

「でも一度興味が湧くと、他人の意見はいっさい耳に入らなくなる」

「それをいうなら丸山さんだってそうだし、コータローはもっとひどいじゃないですか」

「それが悪いとはいってないよ。昔からそうだったんだなって思っただけだ。立派なほめ言葉じゃないか」

「そうかなあ」

「蒔田らしいものの見方をしてるよ。自分に似てるなんて、少なくともお前のことを認めてなければいわないからな」

そういうと丸山さんは、吸い終わったタバコを空き缶のなかに捨てた。

俊也が会社に戻ったのは、蒔田と話した時の興奮を誰かに伝えておきたいからだった。蒔田の発言をもう一度、第三者と話すことで整理しておきたいという思いもある。一つひとつ俊也の話を面白そうに聞いては反応する丸山さんを見ていると、そんな気持ちを察しているような気がした。

「だいぶ蒔田のことが気に入ったみたいだな」

「気に入ったかどうかはわかりませんけど、あいつの考えていることは少しずつ理解できるようになったような気がします」

「マーケットで一番蒔田を深く理解しているのはお前だ。それは間違いないだろ」

「そうかもしれないですね」

俊也はそう返すと、丸山さんの言葉を待たずに、

「やっぱり買いだと思います」

といった。

蒔田は、中途半端な気持ちで銀行をターゲットに選んだわけではない。金儲けや目立ちたいからでもなく、本気で社会を変えようとしている。そんな蒔田の考えにすべて共感できるわけではなかったが、信じてみたいという気持ちも生じていた。

丸山さんは、

「そうか」

というと、俊也の考えに賛成とも反対ともいわず、

「もしそう思うなら、自分が確信できると思える材料を一つでも多く探せ」

と付け加えた。

情報量の多寡がディーラーの判断を左右する。もしそこまでやって本当に俊也の判断が変わらないのであれば、誰にも反対なんてさせやしない。最後にそういうと、会話を終わらせるように、キーボードを打ち始めた。

丸山さんの横顔を見ながら、俊也はもう一度、スパイスクルーズのリスク要因を確認してみようと思った。ディーラーは自分のポジションに思い入れが強くあるだけに、大事なことに気づかないのはよくあることだ。

少しずつゴールに近づいているような気がするが、焦ってはいけない。丸山さんは翌週から海外出張だ。クリスマス休暇もあるので、次にチーム全員できちんと話せるのは年明けになる。その頃にはディールの方向性もより明確になっている可能性が高い。そう考えると俊也は、もう一度自分の席に座りパソコンを確認せずにいられなかった。

8 ディーラーは五つのことを同時に考えること

年が明けると、再びスパイスクルーズがマーケットで話題にのぼることが多くなった。

地方銀行への支援は一つの山場を迎えていた。スパイスクルーズの要求に対して期限になっても銀行は回答を示さず、議論は暗礁に乗りあげていた。一方で、事業の分離や独立といったスパイスクルーズの得意とする手法も、地域で高いステータスを有する地方銀行の行員にとってはハードルが高すぎた。従業員もその効果をめぐって一枚岩になりきれず、ずるずると交渉が長引いていた。

株主との交渉も難航しているようだった。

今まで銀行と何の関係もないスパイスクルーズが直接経営に乗り出そうとしても、他の株主の同意なしには何もできない。銀行の株主は多くの場合、金融機関を中心とする安定株主により構成されている。さすがの蒔田も、彼らと折合いをつけながらビジネスを進めていくことに手間取っているのがよくわかった。

　このようなスパイスクルーズの苦しい立場を、市場は素直に反映していた。株価は安値で年を越し、新年になっても動きは鈍いままだった。社債も基本的には同じだった。新たにスパイスクルーズを買い始める投資家も見られたが、買収の意義が感じられないとする投資家のなかには社債を処分する動きも少なくなかった。

　この時点で丸山さんは、スパイスクルーズに対する判断を徐々に変え始めているようだった。それは年末にこだわっていたターゲットを変更し、一・三〇％程度でも投資家の買い意向に応じる姿に表れていた。

　市場にあわせて対応を変える丸山さんの態度が、俊也にとっては不満だった。何のために今まで時間をかけて、このディールの準備をしてきたのか。自分たちがプライスリーダーではなかったのか。

　そんな議論をすることも一度や二度ではなかったが、丸山さんからの明確な意思表示はなかった。俊也としても、確信できるような材料が年末から増えたわけではなかったので、強く主張できずにいた。次第に二人で話す時間が少なくなったのは、忙しかった以上にマーケットに対する見方の違いを認めたくなかったからかもしれない。

「理解できないんだよな」

ブルームバーグのモニターでスパイスクルーズの社債の価格推移を眺めながら、俊也はいった。

「今まで強気で買ってきたのに、何であともうすぐってところで弱気になるんだろうな」

「丸山さんすか？」

「ああ。俺たちがいきなり市場に安くさらし始めたら、投資家だって疑いたくなるだろ」

「今日も安くオファーしてましたよ。売る前に俺たちに相談してくれればいいんすけどね」

コータローはすでに会社を出た丸山さんの席に座ると、背もたれを大きく倒していった。

夜になるとコータローは、気分転換にサングラスを掛けながら仕事をすることがある。サングラスを取ってアフロの頭にかけ直すと、

「もう闘う気なくなっちゃったんすかね?」

といって大きくあくびをした。

「どうだろうな」

コータローの問いに俊也があいまいにうなずいたのは、うすうす感づいていた丸山さんの変化に同意したくなかったからだった。

ミキから聞き出したスパイスクルーズの内部事情にしても蒔田との接触にしても、ディールをうまく仕上げるために自分なりに手を打ってきたつもりだ。多少のマーケットの変化は仕方ないにしても、今までのスタンスを変える必要はない。今では俊也が、丸山さんよりずっと強気の姿勢でディールに臨んでいた。

「ヘッジファンドについては何か聞いてますか?」

「あの丸山さんがいってた投資家か」

コータローの問いに昔の失敗談を話した時の丸山さんの苦い表情を思い出しながら、俊也は、

「定期的に連絡はとってるみたいだけど、詳しくは聞いてないな」

といった。

「その投資家が本当に動いてくれれば、だいぶ状況も変わってくるんすけどね」

「丸山さんがあれだけ根に持つくらいだ。簡単にこっちのいうことを聞くような投資家じゃないんだろ」

「タイミング悪いよな。この前も買おうとしたら、いきなり格下げっすからね」

「弱気になるのは、ヘッジファンドの動きを気にしてのことかもしれないな」

そういうと俊也は、モニターに流れる海外市場のニュースを眺めた。

金曜日の夜の閑散としたフロアが、俊也は嫌いではない。一週間のマーケットの動きと営業チームとのやりとりを思い起こしながら仲間と雑談するのは、今の自分にしかできない時間の使い方のような気もする。

ディーリングフロアを見渡すと、米国の統計が発表されるのを待つディーラーを含めて、何人か残っているだけだった。

「そろそろ腹をくくらなきゃいけないのかもしれないな」

俊也がそういうと、コータローは、

「どういう意味すか？」

といって身体を起こした。

「そのままの意味だよ。丸山さんにやる気がないんだったら、俺たちだけでやるしかないのかなって思ってさ」

「丸山さん抜きで進めるんすか?」

「というより引き継ぐんだよ。丸山さんだって忙しいし、このポジションだけを見ていられる立場じゃない。俺たちが代わりに運営してもうまくいくような気がするんだ」

「そんなの丸山さんが黙ってないんじゃないすか?」

「あの人は部下がやりたいっていえば放任する性格だよ。反対はしないんじゃないか」

「でも部長が許しますか?　丸山さんがやりたいっていい出して始まったディールだし、部長もあの時は許可したけど今ではヒヤヒヤしてるっていうのが正直なところじゃないすか」

いつも押しの強いコータローが、珍しく弱気な発言をするのが意外で、俊也は、

「そうだなあ」

というしかなかった。

俊也がそれ以上追及しなかったのは、コータローに気を使ったからではない。ディールに対する自分の確信が強まる一方で、少しずつチームの結束が失われていくような気がしたからだった。ここからが勝負というところで、みんなの気持ちがバラバラになりつつあるのがもどかしかった。

「どうしたんすか?」

「いいんだ」

そういうと俊也は、自分の感情を顔に出さないように、この一週間で何度も確認したはずのポジションシートをもう一度見た。

JGB+一・三〇%(単価:一〇四円五〇銭)

スパイスクルーズの社債は、直近の高値から五〇銭程度下落していた。ディール開始前と比べると上昇しているが、水準が高いがゆえに投資家は一様に手が出しづらくなっている。かつて大口で購入したいといっていた信託銀行も、この価格で買い増す意向はないようだった。

問題は、このプライスをどう評価するかだ。俊也が重視していたのは、ＢＢＢプラスの格付でこのプライスは、依然としてあらゆる評価尺度から正当化できるものではないということだった。

足もとの下落は一時的な価格の調整なのか、それとも大きく市場が動く前の一段階にすぎないのか。俊也は前者の可能性が高いと考え、コータローの意見もそれに近いのは変わっていないようだった。

一方でアナリストの山ちゃんは、もっと市場価格が下落するリスクを無視できないと指摘していた。スパイスクルーズはいくつかの企業買収を通じて会社の規模に不相応のリスクを抱え込んでいる。そんな指摘を丸山さんも受け入れつつあるようだった。

社債のマーケットにおいて、市場価格は主に二つの要因で形成される。

一つ目は同じ業界の企業や同等の信用力の銘柄と比較する方法で、過去の取引情報が参考になる。前日に取引された類似銘柄の価格と、理論的には近い水準に近づくであろうという推測を立ててディーラーはマーケットに臨む。

もちろん決算の上方修正など、企業価値を評価するうえで大きく変更を迫られるような材料が出てきた場合には、その企業だけがより高いプライスでも買い手がつく可能性はある。一方、不祥事など企業価値を損ねる材料が発覚した場合には、大きく低下した価格でも売りたい投資家が出てくるのはよくあることだ。

これが二つ目の要因で、買い手と売り手の数が一致しなくなるため均衡点を目指して価格は大きく変動する。買いたい投資家にとっては買いたい値段が価格であり、売りたい投資家にしてみればどんな値段でも売りたい。基準価格という前提がなくなることで、市場の均衡点は宙づりにされる。

年が明けてからの二～三週間の俊也の作業は、まるで影を追いかけるようなものだった。見たことのない大きな人影が現れては消え去り、後ろから忍び寄る人影を捕まえたと思ったら自分の影だった。

そんな出来ごとの連続で、目の前で起きるいくつかの動きの共通点を見出そうにも、どう解釈すればよいのかわからなかった。

久しぶりにミキから連絡があったのは、俊也がマーケットの変調にあがいている最中のことだった。

香港との電話会議から戻ってメールをチェックすると、「この前はありがとう」というタイトルのメールを確認した。最後にミキと会った晩以来、俊也は仕事の忙しさをいいわけに自分から連絡をとっていなかった。

わざわざ誘ってくれて、私の心配までしてくれたのに雰囲気悪くなっちゃって。たぶん疲れていたのだと思う。そんな趣旨のことが書かれ、その後で「独立の話はなくなりました」と書かれていた。

最近蒔田が会社に来ることが多くなり、別会社を立ち上げようとする動きを封じにかかったとのことだった。もともと独立の動きをよく思わない人たちにとってみれば、蒔田に取り入るチャンスだったともいえる。

独立を首謀した何人かは解雇され、残りの人たちも自主的に退職するように迫られたという。ミキの処罰自体はそれほど重くはなかったが、これまで一緒に働いてきた仲間がいなくなった以上、今の会社にとどまる気にならない。そんなことが書かれてあった。

俊也はメールを何度か読み直すと、返信を打とうとパソコンに向かった。でも自分のなかから何も言葉が出てこなかった。椅子に深く座り込むと、どっと疲れが出てきた。

思う通りに物ごとは進んでいる。自分のしたことに疑いを持っていないはずなのに、湧き上がるような力が出てこないのはなぜだろう。

俊也はあくまでも、蒔田の会社のパフォーマンスを上げるために必要なことをしただけのことだ。それがディーラーとしての自分の利益につながる可能性が高いと考えたからこその判断だった。

しかし俊也も、まさか蒔田がここまでの行動に出るとは想定していなかった。そう思うと自然と携帯を持つ手が動いていた。

「どういうことなんだよ」

蒔田と電話がつながったのは、何度か携帯に電話してからだった。

蒔田は人ごみで話しているようだったが、車のなかに入ったのか、途中から声が鮮明に聞こえるようになった。

「ああ、あの連中のことか」

「そうだ、ノマド企画のことだよ。社員を大量に解雇したらしいじゃないか?」

「その通りだ。それがどうした?」

「どうしただって?」

「君が正しかったよ。とんでもない奴らだ。あっさり反乱を認めたよ」

「そうだとしても、ちょっとやりすぎじゃないのか？」

「俺がどういう行動をするか、わかって教えてくれたんだろ？」

「そこまでするとは思わなかったよ」

「そうかな。俺は物ごとを、会社にとってプラスかマイナスかで判断する。奴らは従業員としての資格すらない。存在すること自体が会社にとってマイナスだ。だから切った。少なくとも今回の自分の決断が会社の価値を下げるとはまったく思わないね。君には感謝してるよ」

「君は変わらないな。他の社員への影響もあるんじゃないのか？　僕の友だちだって働いてたんだぞ」

「君のこの電話の意図が見えないな。君はディーラーとして、投資対象である俺の会社にとって最善と考えられるアドバイスをしてくれた。確かにその是非はまだわからないし、失望されるような結果になれば謝るしかない。でも俺の判断をとやかくいう資格はないと思うね。迷惑をかけてしまったかもしれない君の友だちというのが誰か知らないが、その友だちよりディーラーとしてのパフォーマンスを選んだはずじゃないのか?」

「そうかもしれないけどな」

「君とは考え方が違うようだな。俺はすっかり君が評価してくれるものかと思っていたよ」

「そんなやり方で、みんながついてくると思うなよ」

俊也の言葉と同時に、携帯の向こうで着信音らしいミッキーマウスマーチが鳴った。

蒔田は俊也の発言を遮ると、

「ちょっと待ってくれ」

といって誰かと話し始めた。

「もし大事なお話であれば再度おつなぎいたしますが」

しばらくすると蒔田の秘書らしき男性がいかにも電話を切りたそうにそういったので、俊也は、

「結構です」

とだけいって電話を切った。

すでに午後のマーケットが始まっているらしく、俊也は自分の名前を呼ぶ声に手を上げて応えた。次第に大きくなる先物の音が、マーケットの大きな動きを知らせていた。

席に戻ると、何枚かの売り引合いのメモが俊也の机の上に置かれていた。マーケットの雰囲気は最悪だった。海外市場での株価の下落が東京にも波及していた。

足の速い投資家から順番に、リスクを落とそうと持ち高を売却していた。次々と買取価格を聞きに来る営業担当者とやりとりをしながら思い出したのは、かつてケンカした時のミキのことだった。

高校の時に仲直りの電話をかけてきたのも、思えばミキが先だった。もう二度と会うこともないかと思っていただけに、俊也も彼女の声が聞けたことはうれしかった。私もいい過ぎたと思ったし、そういって彼女は仲直りをしようとしたが、何となく俊也は共通する話題があまりあるように思えなかった。

――別に用事があるわけじゃないんだけどね。

そういって電話をかけてくる彼女を、俊也は次第に受け入れることができなくなっていた。むしろサッカー部の友だちとくだらない話をしているほうが、ずっと気楽で楽しかった。

友だちはみな、例外なく成績が悪かった。でもどんなに成績が悪くても、冗談をいい合うことで深刻にならないようにしている関係が心地よかった。

また会えませんか。そうミキはメールの最後に書いていたが、ミキと会って彼女の目を直視できる自信がなかった。結果として俊也はミキより蒔田をとった。彼女より自分の仕事上のパフォーマンスにつながりうる投資対象を選んだ。

彼女の誘いを断ったのはディールが気になって仕方ないというのが正直なところだったが、仕事に集中している限り、自分が下した選択の意味を考えずに済むという気持ちが強いのも事実だった。

ディーラーは五つのことを同時に考えろ。そんなことを教えてくれたのも丸山さんだった。目の前のディールに値段を返すことくらいなら誰でもできる。大事なのは今のディールを見ながら、次の動きを想像することだ。

しかも別の投資家は同時に違うことを要求してくる。そういったことにすべて対応しながら、恋人のことも考えるのが一流のディーラーなのだと。ひっきりなしに寄せられる売り注文を前に、俊也は意識を集中しきれない自分に焦っていた。

いったん手を引くべきなのかもしれない。そう思ったのは、ある投資家の売りものに、指定の銘柄とは違う回号の買取価格を提示してしまった時だった。俊也の完全な不注意だった。同じ会社の発行する社債でも、償還年限や利率によって価格はまったく異なる。

しかも相手が悪かった。国内大手投資家のなかでも形式を重んじるその生命保険会社は、簡単に間違いとして受け入れてはくれなかった。他のディールの処理をコータローに任せて、俊也は経緯書を書いた。

営業担当者といっしょに投資家を謝りに回る間、俊也の頭のなかにあったのは蒔田との電話のことだった。話の内容もそうだが、それ以上にミッキーマウスマーチが鳴りやまなかった。

蒔田は俊也より、あの場違いなほど陽気な着信音を選んだ。そう考えると、今まであの男のために多くを犠牲にしてきた自分がバカらしく思えてならなかった。

スパイスクルーズに関して自分の判断が遅すぎたとわかったのは、部長に経緯書を提出して自分の席に戻った時だった。

東京地検特捜部が金融商品取引法違反の容疑で蒔田雄一郎を家宅捜索した、そんなニュースが突然ブルームバーグに流れていた。自社の株価を高めるために、子会社の買収を装って不正に決算を粉飾していたというのがその大まかな内容だった。

東京地検？　金融商品取引法違反？　家宅捜索？　粉飾決算？　これらの言葉がいったいスパイスクルーズと何の関係があるのか。俊也は理解できなかった。特に気になるのは、粉飾決算という部分だ。決算とか業績とか、そんなものは蒔田が最も関心を持たないもののはずだった。

従業員のための経営をすれば必然的に社員は前向きに働くようになるし、そこに技術的な経営手法というものは必要ない。動き出した会社の方向づけをすることだけが自分たちの役割で、業績だとか株価なんてものには何の興味もないのだと。

蒔田とは昼に電話で話したばかりだった。早口でまくしたてる蒔田の声に粉飾決算という言葉がつながるとは思えなかったが、いくつかの会社への出資と子会社化の背後に報道されているような狙いがあると考えると、断片的な事象がつながりを持って見え始めるのも事実だった。

俊也は、事態の重大さを自分のポジションに結びつけて考えることができるようになるまでにはしばらく時間がかかった。ようやく頭が動き始めたのは、電話の着信音が鳴ってからだった。

「大丈夫か、君が相当大きな在庫を抱えてるっていう噂になってるぞ」

証券会社間の取引には専門の業者がいる。もう二年も前から俊也を担当している業者間市場の担当者はそういって、俊也の様子をうかがっているのが電話の気配から感じられた。

「何いってるんだ。心配は無用だよ。もうほとんど売ってしまって、在庫には残っていないからね」

そういうと俊也は、

「むしろそんなに安いくらいなら、買ってもいいんだぜ」

と付け加えた。

「そうか」

安心したように担当者は大きく息をつくと、

「実はそんなところだろうと思ってたんだ」

といった。

「売りものでもあるのか？」

「いや、実は困ったことがあって、ある証券会社がどうしても売りたいっていってるんだ」

「でもこの時間じゃ、みんなポジションを固めて動けないだろ」

「そうなんだよ、だから君にお願いしてるんだ。ここだけの話、地方にある小さな証券会社で、どうしても今日中に売らなきゃいけないらしくてね。値段は相当譲歩してもいいといってる」

担当者はそういうと、どうにか買ってくれないかと俊也に頼み込んだ。

俊也は、丸山さんが会議中で席を外しているので今自分だけでは判断できないこと、投資家の意向も把握する必要があることを告げ、その場では即答しなかったが、担当者がいったプライスを聞いて椅子から崩れ落ちそうになった。

JGB＋四・〇〇％（単価：九〇円〇〇銭）

「本当にそんな値段でも売りたいのか？」

俊也が確認すると、担当者は、

「間違いない」

と何度もいった。

「安いと思うだろ。一番に君に伝えようと思って、これはまだ他の証券会社にはいってないんだ」

もしそんな売りものがマーケットに出回れば、大変なことになるだろう。たった一日で、単価にして一五円近く下落したことになる。

俊也は担当者のいっていた「特殊な売りもの」というのがどういう意味で特殊なのかを考えてみた。ちょっとした手違いがあって買ってしまったが、どうしても今日中に売らなければならないのだと。

確かに東京地検の捜査が入ることは、上場企業にとって適切なことであるはずがない。しかしまだこの会社が、意図的に粉飾決算を講じたという事実が確定したわけではない。報道されている情報だけでここまで下落するものだろうか。

「わかった、すぐ折り返すよ」

驚いた気配を感じ取られないように俊也は電話を切ると、いったいどこまでこのオファーが下がるのかを考えてみた。

八八円
八七円

小さい証券会社の特殊な売りものなんだよ、担当者はそういった。交渉次第では、八五円くらいまで譲歩してくれるかもしれない。しかし安くなればなるほど、自分の首を絞めるのは明らかだった。

本当にそんなプライスがマーケットの実勢になるとすると、今手持ちの債券も同じような価格でしか販売できなくなる。在庫はすでに一〇〇億を超えている。現在の含み損を計算すると、それだけで頭が痛くなった。

「今日のディールの損益は俺が計算しときますよ」

コータローが俊也を気にして、声を掛けてくれた。

何らかのイベントがディーラーを襲ったときは、その点に触れないというのが、チームでの暗黙の了解だった。

「サンキュー」

「何かあったらいってください」

「お前の助けはいらないよ」

そんな俊也の返事にコータローは、

「さすがですね」

と返してきたが、心配そうな視線に目をあわせることができなかった。

会議が終わって丸山さんが席に戻ってくると、俊也はスパイスクルーズをめぐる報道とその後の業者とのやりとりについて報告した。

こんなことになるとは想定していなかった。ディーラーが考慮すべきリスクの範囲を超えている。俊也が事前に用意していたのはそんないいわけだった。今までの態度を覆す言葉に後ろめたさを感じないわけではなかったが、事の重大さの前ではそんなことを気にしていられなかった。

「わかった」

丸山さんは俊也の説明に一瞬疲れたような顔をすると、自分で業者に電話して先ほどの売りものを当初の提示価格通りで購入した。

「とりあえず、安い売りものは全部消しておくしかないな」

そういうと伝票に取引を記入し、今日の引け値はそのプライスに合わせるようにいった。


ＪＧＢ＋四・〇〇％（単価：九〇円〇〇銭）

このプライスで評価しただけでも、今日の損失は一〇億近くに及ぶ。これ以上プライスを下げないために、高めの価格で買い取ったに違いなかった。

「どうしますか？」

黙っていると自分がとんでもない世界に足を踏み入れてしまいそうな気がして、我慢できずに俊也は訊いた。

丸山さんはしばらく腕を組んで考え込むと、

「買い手が見えてくるまでは、しばらく様子を見るしかないな」

といった。

「興味のありそうな投資家に探ってみましょうか？」

「今売りにいっても、投資家も警戒するだけだろ」

「ビッドだけでも入れておきましょうか？」

「いくらで？」

「八七、八円くらいですか」

　俊也がそういうと、丸山さんは目を逸らし、

「読めないよなあ」

といってモニターに流れるニュースをもう一度見た。

　市場が方向感を失ったときに、ディーラーがビッドプライスだけを業者間市場に提示して買いたい姿勢を示すというのはよくあることだ。ただ問題は、適正な価格がいったいどこにあるかが現時点では予測がつかないことだった。

「やめておこう。リスクが高すぎる」

　そういうと丸山さんは、今は様子を見るしかないといって議論を戻した。確かに自分たちにはそれくらいしか手がない。明らかなのは、買い手なんて数えるほどしかいないという事実だった。

　気になるのは格付会社の動きだ。丸山さんは彼らがさらに格下げに動くとなると、

場合によっては八〇円くらいまで下落する可能性も否定できないといった。

「八〇円ですか？」

俊也の声が大きかったことに顔をしかめると、丸山さんは、

「この流れができると、値段がなくなるぞ」

といった。

「でもまだ、粉飾決算って決まったわけじゃないですよ」

「マーケットを相手にしてれば、そんなの関係ねえってことくらいわかってるだろ」

イライラした口調で丸山さんは手に持った資料を机に放り投げると、

「俺たちにとって大事なのは、ニュースが事実かどうかじゃない。このニュースを受けて投資家がどう動くかだ」

と続けた。

「ボクの立場からもいわせてもらいますけど、ここからリスク量を増やすという選択肢はありません」

丸山さんと俊也の会話が途切れると、隣で二人の会話を聞いていた山ちゃんがいった。

「わかってるよ。俺だってこんなニュースが出た後で、何の材料もなしに買い向かう気はない」

「リスク管理部も何をいってくるかわかりませんよ」

「あいつらか」

そういうと丸山さんは、ため息をついた。

一度均衡点を失った社債が再び適正な価格を見つけるには、少なからず時間がかかる。疑心暗鬼になった投資家が耐えられないのは、どこまでプライスが下がるかわからない状態が続くからだ。

次に必要なのは、市場の均衡価格を見出すことだ。目の前にマーケットがあり、売ろうと思えばいつでも売ることができる。それが安心感なのであり、俊也がしなければならないのは、その値段を探し出すことだった。

八〇円

丸山さんのいう最悪の可能性を具体的にノートに書いてみると、目の前の数字が初めて見るような生々しさを持って俊也に迫ってきた。

その数字が示しているのは、ただの八〇円という価格ではない。つい何時間か前まで普通に取引してきた自分がまったく新しい局面に移りつつあるという事実だった。今まで経験したことのない損失が自分の行く手を阻み、もう後には戻れないときっぱりと申し渡されたような気分がした。

9 ディーラーは迷っている姿を見せないこと

誰にでも迎えたくない朝がある。

翌朝が俊也にとってはそんな日だった。できれば何もしないで、ただ布団にくるまって眠っていたい。しかしそんなことができないことは、いわれなくてもわかっていた。

新聞の一面には、前日のニュースが大きく扱われていた。地下鉄に乗りながら、俊也は手もとの新聞から目を背け、記事を読むサラリーマンの顔をただぼうっと眺めていた。

新聞のなかに書かれている一つひとつの文章は車内の誰よりも自分に関わりがあるはずだったが、その事実に意識を集中させる気にならなかった。

俊也がいつもより一時間ほど早く会社に行くと、すでに丸山さんが席についている姿が見えた。

挨拶をしながら丸山さんのパソコンを確認すると、これまでの経緯を説明する資料を作成しているのがわかった。ディーラーは結果がすべてだろ。そういう丸山さんが一番嫌いなことだった。

「修羅場が始まるな」

何もいわずにパソコンが立ち上がるのを待つ俊也に、丸山さんはいった。

「どうしましょうか？」

「何を今になって弱気な顔してるんだよ。いつものお前はどうした？ 俺たちが主役なんだぞ」

「そうですけど、どこまで下がるか」

「そんなことは俺だってわからねえよ。でも何が起きたって今までとスタンスは同じだろ」

そういって丸山さんは俊也の顔を覗き込むと、

「高ければ売り、安いと思ったら買えばいいんだよ」

といった。

「わかってますけど」

「まあ、残念ながら、俺たちが買う立場になるっていう可能性はそう高くはなさそうだけどな」

ディーラーは絶望を感じたところからが勝負だ。そんな言葉も丸山さんがいっていることだった。どこまでマーケットが課す緊張感に耐えることができるかが結果につながる。絶対にそのプロセスから逃げようとするなと。

「俺も、さっさとこれ終わらせてから参加するよ」

丸山さんは缶コーヒーを一口飲むと、経緯書が映ったモニターをあごで指した。

俊也が落ち着いてその日のマーケットに臨むことができたのは、丸山さんのそんな言葉に、自分が少なくとも一人ではないと感じることができたからかもしれない。

しかしマーケットの変化の速さは、俊也の予想以上だった。前日、丸山さんと議論した通り、朝から格付会社がスパイスクルーズの格下げを発表していた。予想していなかったのは、格下げの幅が四段階にも及んだことだった。

BBBプラスからBBへ。

同社は深刻な会社存続の危機に直面し、相当の信用リスクを有している現状を無視

できない。同社に対する銀行の姿勢も友好的なものではなく、将来的には財務の柔軟性にも影響が出かねないと認識している。債務履行の確実性は低下しており、これらを総合的に考えると、ＢＢ格に引き下げることが適切であると判断した。

俊也は、何度もモニターに映し出された発表文を読み返した。しかも驚いたのは、さらに引下げ方向で見直すとの一文がついていたことだった。

「いったいどこまで下がるんだよ」

気がつくと丸山さんが、そういってマウスを強く叩いていた。社債市場において、ＢＢ格以下の格付は「投機的」と呼ばれる。信用力が著しく低い社債という分類で、この水準まで投資対象としている投資家は多くない。

すでに格付はジャンク債の水準まで下がっていた。市場はすでに、スパイスクルーズが破綻する可能性まで織り込み始めている。

ここで求められているのは、もはやディーリングスキルという次元の問題ではなかった。持っている債券がつぶれるのか、それとも持ちこたえられるのか。そんな領域に入りつつあることに目を向けなければならなかった。

その日は部長が何度もディーラー席まで来ては、丸山さんと話し込んでいるのがわかった。時々声を荒げているので、話の内容が伝わってくる。丸山さんが楽観的な見通ししかいわないことに、部長がいらだっているのは明らかだった。

「今お前はいったい何億保有しているんだ？」

そんな質問に丸山さんは、

「一〇〇億くらいですかね」

と答えていた。

「だから正確にいくらなんだ」

部長はそういうと、メールで報告しろといって戻っていった。お前の予想はもうどうでもいいんだよ。今必要なのは具体的な事実なんだ、そういいたげな口調だった。

午前中のマーケットの一番の話題は、やはりスパイスクルーズだった。投資家からの問合せが朝から俊也に集中し、なかには売却する場合の見積りを求めて来る投資家もいた。

多くの業者はすでにビッドプライスを提示していないようで、あまりの値動きの大きさにマーケットメイクをあきらめていた。

俊也は何件かの投資家の打診的な売りものに対して、八五円というビッドを提示したが、ほとんどは価格が下落するスピードの速さに様子見をする投資家ばかりで、なかなか取引は成立しなかった。

相場が動き始めたのは一〇時過ぎだった。ある地方銀行がスパイスクルーズの社債を今日中に売却する意向を固め、五億円を売りに出していた。

すでに大量のポジションを抱える俊也としては、この引合いに勝とうという意思はいっさいなかった。むしろ知りたかったのは、いまだに市場に買い手が存在するかどうかだった。もしこの社債を買いたいという投資家なり業者が少しでもいるのであれば、値段次第で今後の展開も組み立てられる。

「八九円が出てるよ、四円負けだな」

そういってその地銀の担当セールスは、俊也のビッドが悪いことに不平をいった。

実際に八九円でビッドしたという業者が、どこに転売しているのかは俊也に関係のない話だ。そんな値段で買いたいなら、いくらでも売ってやるよ。自分の席に戻る担当セールスの背中にそういってやりたいくらいだったが、内心はほっとしていた。

少なくとも、自分たちより強気のプライスを提示している業者がいることは確かだ。マーケット参加者は俊也だけではない。それがわかっただけでも、内心小躍りしたい気分だった。

「あ、塩崎さん、これ」

コータローの言葉に、俊也は取引記録を入力する手を止めた。業者間市場では、先ほど売りに出されたスパイスクルーズの社債が、八九円でオファーされていた。ある業者が出したというビッドプライスと同値だった。俊也と同じく、八九円であれば売りたいという業者が少なくないことを示していた。

「やっぱり、まだたくさんマーケットにあふれてるんだな」

俊也がスクリーンを覗き込みながらいうと、丸山さんは、

「こりゃ、まだ売りが出るな」

といってため息をついた。

「ビッドが出ましたよ」

しばらくすると、業者間市場のスクリーンに八〇円というビッドプライスが表示されると同時に、山ちゃんがいった。

丸山さんが前日、最悪の場合としていった値段だった。ここまで安くするなら買っ

てやるよ、スクリーンからそんな声が伝わってくるようだった。

俊也は、この期に及んでビッドを出すことのできる業者はどんな奴かと思うと、うらやましくてならなかった。もし手持ちがなければ一番に買いたかったが、実際には誰よりも多くの在庫を抱えて身動きがとれなくなっているのは自分にほかならない。

しかしそんなビッドも、しばらくしてオファープライスが点滅して八八円に下がったことを示すと、消えてなくなった。

「実は相談があるんだよ」

熊さんがそういってディーラー席に近づいてきたのは、一一時少し前のことだった。もう少しで静かに前場が終わるかもしれない、そんな期待を抱きつつあっただけに、熊さんの顔を見て、何となく嫌な予感がした。

ある生命保険会社がスパイスクルーズの社債を三〇億保有している、社内規定上、BB格に下がった社債を売らなければならないが、今回は他社には引き合わず、当社にだけ売却してくれるという。

「絶対に他社には聞いてない。あそこの客は大丈夫だからさ」

そういって熊さんは、

「マーケットではうちが一番強気だって噂になってるぜ。何か情報を持ってるんだろ」

と付け加えた。

そんなものはどこにもなかった。自分たちだって同じなのだ。誰か買いたいという投資家が一人でもいれば、そこにすべて売却しても構わない。でもそんな投資家はいない。だからこんな状況になっているのだ。

熊さんはすがるような表情で丸山さんを見た。

「まずいですね」

俊也は声を低くしていった。

「もうすでに一〇〇億以上持っているんですよ」

丸山さんはうなずくと、何もいわずにただメモを見ていた。

「とりあえずプライスもらえるか?」

「ちょっと待ってください、今すぐに全額のビッドプライスなんて出せるわけないじゃないですか。こんな会社、明日にでも破綻するかもしれないんですよ」

そういうと俊也は丸山さんのほうに向き直り、

「これは無理ですよね」

と確認するようにいった。

「僕たちが判断できる領域をとっくに超えちゃってますよ」

先日まで買いに回っていた生命保険会社も、売り手に回ろうとしている。要するにもう、みんなきっぱりと手を引きたいのだ。この事実以外に何が必要だというのか。すぐに結論を出さない丸山さんが意外だった。

「わかってるよ」

そういうと丸山さんは、いつものように腕を組んだ。

証券会社は売り値と買い値を提示することがビジネスの基本だが、必ずしも売買しなければならないわけではない。その役割を放棄すればどれだけ楽になるか。今日になって俊也は、もう何度も同じことを考えていた。

「そんなことわかってるって」

そう繰り返すと、丸山さんは手もとのメモとモニターを見比べていた。

考えていることは予想できた。目の前に迫りつつある大きな波を、どうすれば回避できるか。もしかしたら、何らかの手掛かりを見出してうまく波に乗ろうとしているのかもしれない。

「電話はつながってるんですか？」

「ああ、待たせてる」

そういうと熊さんは自分の席のほうを指差し、

「無理ならいいんだぞ」

とあきらめたようにつけ加えた。

「ちょっと動きが速すぎますよね」

「ここまで下がるとは誰も考えてなかった、完全なサプライズだからな」

「三〇億で終わるんですかね？」

俊也がそういうと、同時に丸山さんも熊さんの顔を見た。

仮に三〇億をビッドした後でもっと安い売りものが出てきた場合、マーケットで俊也たちのオファーに買い手はいなくなる。売りと買いの需給を合わせるにはより売り値を下げるしかなく、その分だけポジションの損失が増えることを意味していた。

いったいどの投資家がどれだけこの社債を保有しているのか。発行残高が五〇〇億円だとすると、自分たち以外に投資家が四〇〇億円を保有していることになる。彼らはスパイスクルーズの状況をどう考え、何がしたいのか。顔の見えない投資家の存在が、今ほど薄気味悪く思えたことはなかった。

「わからない。他にも持っているかもしれないし、これで本当にすべてかもしれない」

その答えに二人が落胆したのがわかったのか、熊さんは、

「手を引いてもいいいんだぞ」

と続けた。

「もうこの状況ですから、昨日の値段はとてもじゃないけど出せませんよ」

「どこまで下がるんだ？」

「この金額じゃ八〇円も難しいです」

「ちょっと待ってくれよ、彼らも九〇円前後を想定して売りに来てるぞ」

「それはもう無理ですよ、この債券を九〇円で買いたいっていう投資家なんていますか？　いないからこうなってるんじゃないですか」

俊也の強い調子に熊さんも一瞬驚いたようだったが、

「まあ、どっちにしても勝てる相手じゃない。自分たちのことを考えなきゃいけない

タイミングだな」

といってため息をついた。

熊さんの言葉に、俊也はちょっとだけ気持ちが楽になったような気がした。

このディールに関する限り、俊也にとって最も望ましいシナリオは、事態が落ち着くまで投資家に売りを思いとどまらせることだった。他の証券会社に売却するといい出しても、それはそれで構わない。

世の中は、リスクに見合うリターンばかりが転がっているわけではない。どう考えても勝ち目のない局面があるとすれば、それは今なのかもしれない。いずれにせよ自分たちは今、買う立場ではないのだ。

「ちょっと待ってろ」

そういうと丸山さんは受話器をとり、急いで相手先の番号を押した。番号を登録していない先とわかった瞬間に、俊也の頭に浮かんだのは、以前丸山さんが話していたヘッジファンドの名前だった。

丸山さんは大事な話をするとき、声を抑えて話す癖がある。隣の俊也にも聞こえないような声で用件を伝えると、受話器を手でふさぎながら、

「先方はまだ興味ありそうだな」

といった。

「今話してる感じだと金額は問題ない。むしろ安い価格でたくさん買いたいっていうスタンスは今まで通りだ」

「三〇億でも大丈夫なんですね？」

俊也が確認するようにいうと、丸山さんは再び投資家と話し始め、

「問題ない」

というように親指を立てた。

「ビッドが出せるかもしれません」

俊也は熊さんにそういうと、もう少し時間が欲しいといった。

買い手と売り手をつなぐにはタイミングを同時にしなければならない。丸山さんから伝わってくるヘッジファンドの様子では、今すぐに投資判断を下すのは難しそうだった。

「わかった。どれくらい待てるか探ってみる」

そういって席に走る熊さんから振り返ると、受話器を肩に挟んで先方のコメントを

メモ書きする丸山さんが目に入った。何度か手を止めては目を閉じるその表情からは、交渉がなかなかスムーズに進まない様子が見て取れた。

「買ってくれたとしても、八〇円っていう雰囲気じゃないな」

いったん電話を保留にして丸山さんが話し始めたのは、買い手と五～六分話してからだろうか。八〇円のオファーはすでに何社かの業者から打診されており、魅力的な値段には見えない。そんな回答だった。

「だったら、いくらなら買うんですか？」

「知るかよ。それがわかったらこんなに苦労しねえよ」

丸山さんは声を荒げると、

「徹底的に業者を叩くだけ叩いて、自分の買い値は明かさないっていう、あいつららしいやり方だよ」

といってゴミ箱を蹴飛ばした。

「危険ですね」

「仕方ないだろ、こんな局面なんだ。こっちは奴らが買いそうな値段を考えるしかない」

「本当にそんな売りものが他社から出てるんですかね？」

そんな俊也の問いに丸山さんはしばらく考え込むと、

「今は信用するしかないな」

と自分を説得させるようにいった。

他にも安い売りものがあるといって買い値を安くするのは、買い手が有利な局面で投資家が用いる常套手段だ。俊也はたった二カ月の間に、自分たちの立場が大きく変わってしまったことを意識せざるをえなかった。

「まだ出ないか？」

熊さんはディーラー席まで走ってくると、

「そろそろプライスを返せってせっついてきてるぞ」

といった。

「難しそうですね」

「ビッドなしか」

「これだけ値段を下げても投資家の買いが見えません。今の環境であれだけの金額を買い取るのはリスクが高すぎます」

俊也の回答に残念そうにして熊さんはうなずくと、もう一度確かめるように丸山さんを見た。

「わかった。おまえがそう判断するんじゃ仕方ないな」

基本的に熊さんは、丸山さんの出すプライスがどんなに悪くても文句はいわない。ただビッドプライスすら出せないことが悔しくて仕方ないというように、何もいわない丸山さんをじっと見つめていた。

「七〇円でお願いします」

丸山さんからそんな言葉が出てきたのは、熊さんが席に戻ろうと歩き始めた時だった。

「七〇円なら一〇億だけ買います」

受話器を持ちながら熊さんにメモを差し出すと、丸山さんは付け加えた。

「いいのか？」

「はい。ただしこのマーケットですから、こっちも買い手とつないだままにします。一度でも電話を切ったら、なしにさせてください」

「今決めろってことだな？」

「そうです、でなければ仕切り直しです。五分後にオーダーをいただいても、その時は六〇円かもしれませんし、五〇円かもしれません」

俊也は、

「本当にいいんだな？」

と何度も確認する熊さんの声を聞いて、ようやく丸山さんが最後の勝負に出ていることがわかった。

七〇円

すでにプライスは前日の九〇円から一気に二〇円も下落していた。たった一日の変化と考えると、この値動きについていくことのできる投資家がそれほど多いと思えなかった。

しかも七〇円という値段に特別の根拠があるわけでもない。売り手に対する断り文句に近いというのが俊也の印象だった。

「わかった、ちょっと待ってろ」

そういって熊さんは、自分の席に走った。

「ヘッジファンドは買うっていってるんですか？」

「まだだ、そっちはこれから話をつける」

大丈夫なんですか？　そんな言葉を俊也が呑み込んだのは、七〇円というプライスが非現実的だと思ったからではなかった。部長に相談もなく取引しようとしていた丸山さんが気になったのは事実だ。でも一番はいつかかつての借りを返したい、そんな丸山さんの気持ちが伝わってきたからだった。

単価にして二〇円の下落は、保有額面一億円当り二〇〇〇万円の損失に相当する。何ごとも動きが遅く、アクションに時間のかかる投資家が即座にそんな損失を受け入れることができるだろうか。

一方で、もし本当に売るという判断をしてきた時に、ヘッジファンドに回すことができるだろうか。二人の男が闘う姿を見ながら、俊也はこの場面のことはこれからずっと忘れないだろうと思った。

今回の事態はスパイスクルーズの社会的な信頼を失墜させ、営業基盤の致命的な毀損につながりうると格付会社は警告していた。顧客網が必ずしも強固とはいえない新興企業にとっては、今後のビジネス展開の大きな妨げになる可能性は否定できず、収益面の悪影響を慎重に織り込む必要がある。

受話器を握りしめた熊さんは、立ったまま、時おり謝るように頭を下げていた。仕方のない話かもしれない。売り値が当初の想定から大きくかけ離れている。もう少し様子を見てからでも遅くはない。そんなことをいって投資家の怒りをなだめているのが容易に想像できた。

早期の環境回復は現実的ではなく、もともと柔軟性に問題のある財務基盤がいっそう脆弱になるリスクを想定しなければならない。資金調達が今後いっそう困難になることを考慮すると、銀行との関係の変化にも注意が必要である。

丸山さんは、目を閉じて受話器を持ったままだった。投資家に迷ってる姿だけは絶対に見せるな。何度か丸山さんが取引相手と交渉するコツを教えてくれたことがあった。迷っていいのはあくまでも投資家で、こっちは確信してるっていう姿勢を崩してはいけない。胸張ってればいいのだと。

当面注視すべきは期末の資金繰りであり、資金調達環境の変化がスパイスクルーズにどのような影響をもたらすかを見極めなければならない。経営陣の大幅な刷新が現実のものとなったときに、従来の事業に代わる新たなビジネスモデルの構築が不可欠だが、そのために必要な時間は多く残されていない。

マーケットで働いていて不思議に思うのは、重要なイベントは二つとして同時に起きないということだ。この時も債券先物の取引価格は止まったように動かず、投資家からの売りものは他にほとんどなかった。

俊也が今でも覚えているのは、斜め前の席に座るアシスタントの机に積まれた取引チケットの山だった。取引の度に営業担当者が投資家と交わした取引内容を、順番にモニターに入力していく。重ねられたチケットから一枚が今にも机から落ちそうにはみ出し、ひらひらと扇風機の風に揺られていた。

「ダメだ。七〇円でも買わない」

「えっ？」

「だから買わないっていってきたんだよ」

「何でですか」

「いいから止めろ。買い手は消えた。売りを止めろ」

丸山さんの怒鳴り声に俊也が慌ててセールス席を振り返ると、ほぼ同時に、

「売るぞ」

という熊さんの声が飛び込んできた。

俊也は何もいえなかった。ただ呆然と立ちすくみ、熊さんの声を受け入れることしかできなかった。

お前の負けだ。そうはっきりと突きつけられたような気分だった。丸山さんは思い切りパソコンに向けてボールペンを投げつけると、椅子にぐったりと座り込んだ。

10
ディーラーは深刻なときこそ笑うこと

ディーラーは深刻なときこそ笑えと教えてくれたのも、丸山さんだっただろうか。今となっては、いつ誰にいわれたのかも覚えていない。おそらく感情の起伏が激しい仕事なだけに、自分をコントロールする手段が笑うという行為だったのだろう。

しかし本当に深刻なとき、人は笑いも出ないということが、この時俊也はよくわかった。ついに在庫は一一〇億を超えていた。損失は、前日からさらに二〇億以上増えている。この二日間であわせて三〇億だ。気が遠くなるような損失を前にして、いったい誰が笑うことなどできるだろうか。

「遅いわねえ、丸山さん」

九時を示す時計を見ながら、工藤さんがいった。

いつもなら七時過ぎには会社を出る工藤さんが丸山さんの帰りを待っていたのは、表向き課長のサインをもらう必要のある書類があったからだった。

「工藤さん、俺が代わりにもらっておきますから、もう帰っていいっすよ」

そういうコータローの誘いを珍しく、

「うるさいわねえ」

と断ったのは、彼女なりに丸山さんのことが心配だったからに違いない。

「部長にねちねちいわれてるんだろうな」

「お前はこのポジションを何だと思ってるんだ、ってね」

「こんな会社つぶれるかもしれないんだぞ」

「想像できるなあ」

「自分だって許可したくせにな」

「丸山さん、ちゃんと部長がわかるように説明してるのかなあ」

工藤さんが不安そうにいうと、コータローが、

「そういうの得意じゃないっすからね」

と苦笑いした。

「さすがに今回ばっかりはまずいですよ」

「どうしろっていうんだよ、山ちゃんはアナリストの立場から推奨するだけかもしれ

ないけど、ディーラーは自分の判断でリスクをとるしかないんだぜ」

「わかってますよ。でもこの局面で部長にいわずにヘッジファンドと勝負するなんて、マーケットリスクじゃないですよね。ただのサラリーマンリスクです。いくら丸山さんでもやりすぎですよ」

「それだけこだわりが強かったんだろ」

「こだわりだけでやっていけるならいいですけどね」

「そんなこと、直接丸山さんにいえるのかよ」

俊也は声を荒げていったが、工藤さんがなだめるように、

「いちいちそんなに熱くならないの」

といったので、山ちゃんのいうことを聞くことにした。

「ボクが不思議に思うのは、年明け以降のスパイスクルーズの値動きなんです」

「というと？」

「誰も売ってないのに、あれだけ値段が下がり続けたわけですよね。今にして考えてみると、あのヘッジファンドが売りを仕掛けてたんじゃないかっていう気がしてならないんです」

「まさか」

「ボクもそう思いましたよ。でもうちに引き合わないで売ろうとする投資家なんて、あいつらくらいしか思い当たらないんです」

「こっちの動きを完全に読んでたってことか」

「その可能性は否定できません。徐々にプライスを下げていって、市場がニュースに反応して暴落したところで買いに回る。あいつらだったら何でもないことですね」

そういうと山ちゃんは、年明け以降のスパイスクルーズの値動きとヘッジファンドの動きについて話した。多くは山ちゃんの推測にすぎなかったが、足あとを残さない投資家だけに断片的な事実の積重ねに現実味があった。

山ちゃんの話が終わると、みんな何もいえずに黙りこんでしまった。俊也が反論しなかったのは、話のなかに確からしさを認めたからではなかった。

この数カ月間誰よりもスパイスクルーズを調べてきた俊也からすれば、どの推測も的外れなものばかりだった。ただ間違いを正したところで結果は何一つ変わらない。その事実に沈黙せざるをえなかった。

丸山さんが席に戻ってきたのは、夜一〇時を回ってからだった。俊也が代わりにま

とめた各ディーラーの損益とポジションを報告した。それを見せると丸山さんは、

「サンキュー」

とだけいってモニターを見た。

俊也は丸山さんの横顔をじっと見た。今目の前にあるポジションをどうすればいいのか。丸山さんが指示してくれて、自分がそれを実行するだけの立場に立てば、どれだけ楽になるかと思った。

「どうしましょうか?」

部長とのやりとりには触れないように言葉を選びながら俊也がいうと、丸山さんは、

「どうするかなあ」

といって座った。

ちょっと待ってろという風に手を上げると、蝶ネクタイを外してペットボトルの水を一口飲んだ。

「判断する材料はあるだろ? 七〇円で取引された社債が、さらに格下げされる可能性がある。次のプライスは六〇円かもしれないし、五〇円でも投資家は売りたいというかもしれない」

俊也はうなずいた。

「ただ一方で、動きが急すぎるともいえる。今は過剰に反応しているが、少し時間をおけば買い手が出てくる可能性もある。投資家だって、七〇円の根拠を理解しているわけではない。ビッドがあるから売った。それがたまたま七〇円だった。それだけのはずだ」

「確かにそうです」

そういいながら俊也は、予想以上に冷静な口調から、丸山さんがスパイスクルーズのポジションを閉じるのにまだ抵抗しているように思えた。

それはスパイスクルーズというより、むしろヘッジファンドに対するこだわりのほうが強いようだった。少しでもチャンスが残っているのであれば試してみたい。そんな気持ちを引きずっているのが見てとれた。

「でも問題は今の在庫の量です」

「もちろんそうだ。ただしどこかにプライスはあるんだから、一部を売り払ってゼロからスタートすることもできる。苦しいかもしれないが、この相場に食らいついていくという考えもある」

「そんなこと」

本気でいってるんですか？　できるわけないじゃないですか。そういおうとした俊也の言葉を遮ると、丸山さんは、

「俺に訊いたって答えなんか出てきやしないよ。お前はどうしたいんだ？」

と俊也を見た。

「僕ですか？」

「俺の考えを聞くのもいい。こんな経験だって初めてじゃないし、ちょっとはお前と違う考え方で対応できるとも思う。でも大事なのは自分だろ。ここからはお前なりに考えてきたことをやってみろ」

そんな丸山さんの言葉を聞いて真っ先に思い浮かんだのは、今の在庫をきれいさっぱり売り払うことだった。それは部長の機嫌をとりたいとか、責任逃れをしたいからというわけではなかった。

丸山さんだけでなく、俊也にも失ったものがある。このディールを遂行するために、俊也はミキを利用し蒔田に接近した。在庫をすべて売り払うことがこれまでの時間を帳消しにするのに一番近いのであれば、割り切ってもよいと考えていた。

しかしそんな思いを言葉に出した瞬間に、丸山さんと過ごしてきた時間の多くが失われてしまいそうで怖かった。自分以外のすべてを敵に回したとしても、自分を信じることができるからディーラーは前に進むことができる。

多くのものを犠牲にしてたどり着いた現実で、もし自分の存在まで否定したら、いったいこれから何を信じればよいのだろう。本当にお前はそれを認めるのか。訴えるような丸山さんの目から逃げるには、下を向くしかなかった。

「いったん引くしかないかもしれないと思っています」

何度も思い浮かべては飲み込んできた言葉は、口に出してみると他人ごとのような響きがした。しかし丸山さんにとっても重みのある言葉だと思ったのは、

「それで?」

といった丸山さんが、何度も俊也の言葉をかみしめるようにうなずいていたからだった。

「これからどうするんだよ?」

丸山さんはそういって腕を組んだ。

「引くのはわかったよ。俺たちの負けだな。それを受け入れろっていうことだろ。こ

んな結果じゃ文句いえないのはわかってる。それで次のアクションはどうするんだ」

「まずは残高を減らさなきゃ、どうにも身動きがとれません。いくつか興味のありそうな投資家に感触を訊いてもらいます」

俊也はモニターを見ると、今後の展開を想定してみた。自分たちが売りに回ったということがマーケットで知れ渡れば、さらに投資家も業者も様子見に徹する可能性がある。

しかし処分しなければ、価格は戻るかもしれないが、最悪の場合スパイスクルーズが破綻する可能性も否定できない。そうなれば多大な労力を費やしたうえで、資金を回収するのは相当先の話になる。手足を縛られた自分たちにとって、他に選択肢があるとは思えなかった。

「まあ仕方ないか。でもそんな投資家いるのか?」

「いないとは限らないと思います」

「この局面で、スパイスクルーズを買い向かおうとする投資家だぞ。本当に見つかりそうなのか?」

「お願いするしかないでしょうね」

俊也の回答が丸山さんを満足させるものでないことは、問い詰めるような目の動きからわかった。

いい加減な気持ちでこのディールにカタをつけようとするなよ。後になって考えると、このとき丸山さんはそういいたかったのかもしれないと思う。自分たちが必死で考えて作ってきたポジションを、どんな理由があっても無責任に放り出すな。それではいつまで経ってもけりをつけられないと。

「まあ、やってみなくちゃわからないからな」

丸山さんは笑顔に戻ると、もう一口水を飲んだ。手もとの書類をまとめ直しながらいった言葉は、思っていたのとは違う言葉のようだった。

「残された選択肢はもうそんなに多くはない。それが最善のチョイスだっていう確信があるんだろ?」

「そう思っています」

「だったら悩む必要なんてない。大事なことは誰かにいわれてやるようなものじゃない。自信を持てよ」

そういうと丸山さんは、俊也の返事を聞かずに、

「俺はもう一つ会議があるから、みんなもう適当に帰っていいぞ」

と席を立った。

会社を出る後輩たちのあいさつに応えながら、俊也は丸山さんの戻りを待とうと思った。

確認しなければならないことがいくつかあった。最初の売りはいくらで、どの投資家にオファーするか。高ければ見向きもされないし、あまり安ければ不信がられる。しかもすべての投資家に見せればよいというものではない。

いつものように、丸山さんに自分の考えをしっかり聞いてもらったうえで判断したい。それが丸山さんを待つ理由だったが、本当のところ、そんなことはどうでもよかった。スパイスクルーズの社債を売り払ってしまえば、二人の関係はもう元には戻らない。いつになく寂し気な丸山さんの背中を見た瞬間に、そんな予感がしたからだった。


一身上の都合で退職することになった、これは本人の強い要望だ。

部長は一度だけ、チームのメンバーを集めて丸山さんのことを説明した。やっぱりそうか。俊也のなかに生じたのはそんな感想だった。丸山さんのことだ。驚くようなことではない。誰も一言も発さずに、ただ黙って聞いていた。

俊也は会議室に一人だけ残され、役員の前で今回のディールの経緯について訊かれた。

「丸山がいい出したんだろ」

それは部長の推測というより結論のようだった。

「あいつがやろうとしてお前を誘い、私が許可した以上のリスクをとった。違うか?」

そういうと部長は担当役員と並び、俊也の顔を眺めた。

自分の管理責任を問われないように言葉を選び、役員の顔色をうかがっているのがよくわかった。余計なことはいうなよ、お前は黙ってうなずいていればいいんだよ。そういいたそうな表情だった。

「こんなことになるとは思っていませんでした」

俊也は、二人の目を見ずにいった。こと細かに説明しなかったのは、何も否定しないよう事前に部長から強くいわれていたからだった。

お前には今後の業務を円滑に遂行していく責任がある。今まで丸山とやってきたことに関しては何も問わない。その代わり議論を蒸し返すな。それが部長の命令だった。俊也の反応は、二人を十分満足させたようだった。

部長はよくわかったというようにうなずくと、丸山さんの後任が来るまでの間、しばらく課長として全体の取りまとめも兼任することを俊也に命じた。

「いいか？　お前の一番の役割は、あのがらくたをどうにかすることだぞ」

俊也は部長に返事をして一礼すると、何もいわずに部屋を出た。自分の席に戻ると、デスクに置いてあった飲みかけのペットボトルを、思い切りパソコンのモニターに投げつけた。水が飛び散り、キーボードから煙が出るような音がした。

俊也は部長に、何一つ反論しなかった。そんな自分が悔しかった。あたかも丸山さん一人の責任であるかのように振る舞った自分にも腹が立った。立派な裏切り者だ。

しかし一番気に入らなかったのは、「がらくた」といわれたことだった。これまで丸山さんと何カ月もかけて追いかけてきたものを、俊也が今まで注いできたすべてを、部長は「がらくた」といい捨てた。とにかく早く終わらせたい、そんな感じのするいい方だった。

「どうしたの？」

カフェにでも行って気分を鎮めようと俊也が財布を探していると、工藤さんが近づいてきた。

「何でもないですよ」

「何でもないわけないじゃない。こんなに床も汚しちゃって。掃除するのは私なのよ」

「後で俺がやっとくから、放っといてください」

そういって立ち去ろうとすると、工藤さんは、

「シャキッとしなさいよ」

といって、俊也の頬を思いっきりひっぱたいた。

「何バカみたいにイライラしてるのよ。あんたがこれから丸山さんの代わりをするんでしょ。このチームの統括なのよ。そんな態度とってたら、誰もあんたを頼れないでしょ」

俊也は呆然と工藤さんを見た。

「あんた最近、仕事だって集中できてないじゃない。何があったか知らないけど、自

分のことばかり考えてていい立場じゃないのよ。みんながどんな気持ちで仕事してるのかわかってるの？」

俊也の頭のなかで、いろんな感情があふれ出てはぶつかり合った。お前に俺の気持ちの何がわかるんだよ。そういいたくて仕方なかったが、工藤さんの、

「自分だけ苦しいなんて思わないでよ」

という言葉を聞いた後では、

「すいません」

としかいえなかった。

「みんな苦しいんだし、もう誰も慰めてなんてくれないんだから。しっかりしてよ」

そういうと工藤さんは、机と床は拭いといてあげるから、自分の分のカプチーノも買ってきて、と俊也に頼んだ。ラージサイズで、チョコレートバーをつけて、俊也のおごりで。

「じゃあ、俺たちにも」

コータローと山ちゃんが、笑いながら同時に手を上げた。

「何だよ、お前ら調子に乗りやがって」

俊也はそういったが、三人のおかげでだいぶ気分が楽になったのも事実だった。

その後もしばらく「がらくた」の売りものは続いた。結局のところ、みんな手を引きたがっていた。この会社とかかわり合いを持ちたくないのは証券会社も同じだった。もはやまともにビッドを出す業者はほとんどなく、それは俊也も同じだった。

何よりもまず、自分の身を守らなければならない。すでにマーケット機能は失われている。ディーラーが本当に無力感を認識させられるのは、おそらく取引で損をすることではないだろう。自分で判断し行動することができない現実に、どうしようもないやりきれなさを感じるのだ。

こんなとき丸山さんだったらどうするだろうか、そんなことを俊也は時々考えた。ふざけるなよ、そういって丸山さんは聞く耳を持たないだろうか。買うことのできないディーラーなんて意味あるか、自分の考えを持てよ。

でも俊也にそんなことはできなかった。買い手を探しては、値段を下げてオファーする、いくらならこの「がらくた」を買ってもらえますか？　そう投資家を聞いて回るのが唯一できることだった。

世の中にはさまざまな人間がいるものだ。俊也が「がらくた」を安く売り回っていることがわかると、今まで何の取引もなかった投資家が少なからず接触を求めてきた。

多くは海外に拠点を置くファンドだった。絶対利回りを追求するタイプの運用をする投資家は、極端に割安化した債券を底値で仕入れ、売却して値上がり益を狙う。なかには二〇円や三〇円で保有債券を全額買い取りたいという申出もあったが、俊也は適当にあしらっていた。

やらなければならないことはわかっていた。部長から命令されたように、俊也の役割は、何よりもスパイスクルーズの在庫を処分することだった。ただ今まで築いてきたポジションを、そんな値段で売るのはいくらなんでも丸山さんに申し訳ない。俊也の勝手な思い入れかもしれないが、そんな気持ちが売却を押しとどめていた。

スパイスクルーズは、有価証券虚偽報告などの容疑で、すでに幹部数人が逮捕されていた。逮捕されても蒔田は雄弁だった。自分は業績にも株価にも興味はない。唯一関心があるのが従業員であり、彼らの満足度こそが企業の価値を示す。利益も株価も解釈の問題にすぎず、粉飾することにも意味がないのだと。

社長在任中と変わらないそんな言葉を聞く度に、俊也は蒔田にいったいどんな会社を作りたかったのか訊いてみたいと思う。世間でいわれているような疑惑は、本当にお前と関係ないのか。東北訛りでつばを飛ばしながら話す姿を見ていると、俊也は先日一緒に飲んだ時のことが遠い昔のように思えた。

ディーラーに必要とされることの多くを、俊也は丸山さんから学んだ。不思議なのはどの忠告も指針とか規範といったあらたまったものではなく、俊也が行動する際に具体的な言葉で立ち現れることだった。

何かを判断しなければならないときには、必ずあの冷たい口調で俊也に問い詰めてくる。隣の席にはもう誰も座っていないはずなのに、丸山さんの声が消えるどころかさらに鮮明に聞こえてくるのが不思議だった。

とりわけ最後の数週間のなかで、丸山さんの存在を強く認識させられた忠告があるとすれば、それは上司の顔つきから相場の転換点が判断できるというものかもしれない。

丸山さんは、上司が「とにかく売れ」と指示し始めた時が一番の相場の底だといった。結局のところこのマーケットは、投資家も業者も多くはサラリーマンで成り立っている。合理的な根拠もなくみんなが上司の目を気にして投げ売りし始めた時が、一番の買い場になるのだと。

ある日、俊也は部長に呼び出され、ほとんど「がらくた」の残高が変わっていないことをなじられた。

「君は本当にあの残高を減らす気があるのか？」

部屋に入るなり部長はそういうと、俊也のポジションシートを机の上に広げた。すべて自分は把握しているんだといいたそうな顔だった。

「この一カ月間で、君が販売したのはたったの三億円だね。どういうことか説明してもらえないか？」

「減らす努力はしています」

「何もしていないとは誰もいってないよ。その努力が成果として確認できないから、どう解釈すればよいのかと訊いているんだよ」

部長は普段より優しい口調でいうと、俊也をじっとにらんだ。俊也は今のマーケットの厳しさを説明し、目立った投資家がいない以上、海外のファンドに割安の価格で買ってもらうしかない事情を話した。

部長は俊也の説明をしばらく聞いていたが、詳細の部分になると手を上げて俊也を

遮り、

「そこを何とかするのが君の仕事だろう。そのために今までの言動を大目に見てまで君を使っているんだ。とにかくいくらでもいいから売ってくれ」

といった。

俊也が丸山さんの言葉を思い出して笑いをこらえていると、部長が顔を赤くして、

「何がおかしいんだ」

と声を上げた。

自分のなかでプチンと何かが切れる音がして、今まで抑えてきた感情が渦を巻き始めた。やっとわかりましたよ。丸山さんがいいたかったのはこのことですね。そう思うと、黙って部長の話を聞いている自分が無性にバカらしくなってきた。

「お前な、自分の置かれている立場を考えろよ」

部長が怒鳴り声を上げると、俊也は、

「別に自分の立場を考えてないわけじゃないですけど、先輩の助言を思い出して笑ってしまいました」

といった。

「面白いか？　これだけ会社に損失を与えておいて、面白いか？　お前たちがやったことがどういうことだか、わかってないようだな」

俊也は姿勢を正すと、部長の顔を見た。わかってますよ、でもいくらでもいいって、本当に二〇円でもいいんですか？　あんたたちはいつも、困ったときだけ出てきて喚き立てるだけじゃないですか。

「お前の代わりなんていくらでもいるんだぞ」

そうですよね、代わりを探すなんて大した手間じゃないですよね。今の自分は、ディーラーの仕事なんて何もしていないですから。そう思うと俊也は、丸山さんが今どこで何をしているのかが気になった。

「ちゃんと話を聞いてるのか」

「聞いてますよ、そんなに大きな声で怒鳴られたら、聞こえないわけないでしょ。でもちょっとは考えてみてくださいよ。あなたもこのマーケットで生きてる人間でしょ？　売るのもいいですけど、ここで思いっきり稼いでみたらどうですか。役員の顔色うかがって、いくらでもいいから売ってくれなんていってる部長がこのマーケットにほかにもいるとすれば、それだけ安く買えるチャンスなんじゃないですか？」

俊也の言葉に目を丸くしながら、部長は口を開けて聞いていた。

「そんなに偉くなりたいんだったら、ここは僕が大きく稼いで、あなたを役員にしてあげますよ」

俊也はそういうと、部長の言葉を待たずに部屋を出た。

部長の驚く顔が面白くて、俊也は自分の席に戻ってからもしばらく笑いが治まらなかった。丸山さんの気持ちが何となくわかったと思う一方で、稼ぎたいという気持ちが生じていた。

スーツを脱いで椅子に座ると、すぐに俊也はモニターを確認して債券先物を一〇億買った。そして腕をまくると、「食らえ」と思いっきり叫びながら、もう一回一〇億の買い注文を出した。

何のためかわからないが、自分の出せる力をすべて使って稼ぎたい。自分の奥底から出てくるこの欲求は、長いこと忘れていた感情のように思える。ディールに疲れた丸山さんがよくやっていたように、靴のまま足を机の上に投げ出すと、遠くまで広がる青空が目に入った。ゆっくりとディーリングルームの窓を横切る白い雲を見ていると、俊也は無性にミキに会いたくなった。

＊　＊　＊

あれから何年か時が経って、スパイスクルーズが話題にのぼることはほとんどなくなった。人の記憶というのは不思議なものだ。二度と頭を離れないと思っていた出来ごとが、いつの間にか思い返すこともなくなり、冗談として笑い飛ばすことができるようになる。

マーケットは相変わらずだ。退屈な日々が続いたかと思うと、誰も想像していなかったような変化が襲いかかってくる。どんなに大きい相手でも、一つのモグラにこだわっていては誰も前に進めなくなる。そういうことかもしれない。

スパイスクルーズの粉飾決算は、企業買収を通じて決算を操った詐欺事件として片づけられた。しばらくは犯人探しでマスコミは大忙しだった。中核となる事業がぜい弱な企業に多額の資金をファイナンスさせたとして、証券会社に対する風当たりも強かった。

蒔田雄一郎は相変わらずだ。自らの罪を認めず、いまだに裁判で争っている。テレビのワイドショーや討論番組に出演しては、喚き立てる姿がずいぶん板についてきた。あの誂りが作りものであることは、いまだに気づかれていない。独特の口調から繰り出される批判を耳にする度に、俊也は不思議とバーで見せた蒔田の沈黙を思い出す。

一一〇億以上あったスパイスクルーズの社債は、マーケットの改善にも助けられ、最終的には数カ月掛けて売却することができた。実際のところは売り切る前にスパイスクルーズの身売りが決まったので、神風が吹いたといういい方のほうが正しいかもしれない。

買収したのはあるリース会社だった。事業の多様化の一環として、蒔田の保有株をほぼいい値で買い取るかたちになった。会社の信用力は比較的高いので、買収される側のスパイスクルーズの格付もすぐに「財務内容に当面問題がない」とされるAマイナスまで戻った。蒔田がいかにも嫌いそうな大企業に助けられるとは皮肉な話だ。

すでに損失として計上していた収益の戻りは、部長を大いに喜ばせた。部長にいわれた通りに安値で売却しなかったことを考えると、俊也のファインプレーといえるのかもしれない。でもそんなことは誰も指摘しなかった。俊也にしても丸山さんの忠告に従っただけの話で、今となってはどうでもよい話だ。

結果的に残されたのは、ある種のやりきれなさだった。それはスパイスクルーズに翻弄された居心地の悪さという以上に、結局のところ何も変えられなかったという喪失感というほうが近いのかもしれない。

社会を変えたいといっていた蒔田の野望も、マーケットのルールを覆すといっていた丸山さんのたくらみも、この社会のあり方を一ミリたりとも動かすことはできなかった。銀行は依然として都心の一等地に大きなビルを構えているし、マーケットで幅を利かせている。

でも俊也は、こう考えるようにしている。本当は一ミリだけ動かすことができたのではないかと。そんなの誤差だという人もいるかもしれないが、だからこそみんな気がつかないのだ。一ミリでも前に出れば世界は少しだけ大きく見えるし、一ミリでも背伸びをすれば遠くまで見える。自分の持てる力のすべてを使って、もがき苦しんだ男たちがいたということも。

ディーリングチームには、いくつかの変化があった。

まず俊也は以前の丸山さんの立場を引き継いで、チームヘッドを務めることになった。自分のポジションは持たずに、もっぱら後輩たちの相談相手といったところだ。

丸山さんと違って器用ではないので自分で勝負はしないが、今でも勘どころはおさえているつもりだ。いつかもう一度、大きなディールに挑戦したいと思っている。

山ちゃんはあれからしばらくして、社内の留学候補生に選ばれ、米国の大学院に出発していった。海外志向の強い山ちゃんのことだ。米国流の分析手法を身につけて、いつか優秀なアナリストとして戻ってきてくれるというのが、みんなの一致した意見だ。

驚いたのは、一緒に連れていく彼女が工藤さんだったことだ。昔から年上の女性が好みだといっていたが、まさか社内で、しかも相手が工藤さんだとは誰も思わなかった。つくづくディーラーなんて、口ばかり達者で身の回りの物ごとをいかに観察していないか考えさせられる話だ。

工藤さんは来月いっぱいで退職して、山ちゃんを追いかける予定だ。あのミニスカートが見られなくなるのは、俊也としてもちょっとさみしい。おっちょこちょいをする度にぴしゃりと叩かれたのも今ではいい思い出だ。気になるのはいつから二人がつきあっていたかだが、それは送別会の時にでも聞き出そうと思っている。

変わらないのはコータローだけだ。ディーリングチームの次席という立場になった彼は、後輩が入ったのをいいことに、今まで以上にやりたい放題だ。新しいチームヘッドが放任主義だということがわかったのだろう。勝手に大きなポジションを組んでいたりする。

リスク管理部から指摘のレポートが来ると、ばれちゃいましたかといって、アフロの頭をポリポリとかき、舌をペロリと出す。上司をごまかすときによくやる癖だ。あんまり無茶するなよ。そういってコータローを見ていると、俊也はがむしゃらにディールに向かい合っていた昔を思い出す。昼も夜も休みの日も、マーケットのことを考えずにいられなかったあの頃のことだ。

丸山さんとは、あれ以来誰も会っていない。

証券会社とはまったく違う業界で働いているという噂が流れたことがある。海外を放浪しているという人もいれば、モナコ辺りで悠々自適に暮らしているという噂もあった。でもどれも俊也は信じない。丸山さんは今でもどこかで、マーケット相手に怒鳴り散らしているに違いない。

というのも一度だけ、丸山さんが俊也に電話してきたことがあったからだ。丸山さんが辞めてから、三カ月ほど経った頃だろうか。辞めた直後は俊也も毎日のように連絡を入れていたが、反応は何もなかった。

携帯電話の留守電は録音件数が多くなると、メッセージを入れることすらできなくなる。そんなことを経験的に学んだ人間なんて多くはないだろう。丸山さんから突然電話がかかってきたのは、ディールの忙しさから連絡をとることもほとんどなくなった頃だった。

「また集中してなかっただろ」

そういっていきなり飛び込んできた丸山さんの声を、俊也は昨日のように思い出す。

「そんなことで一〇〇億の注文の電話がわかるのかよ」

「丸山さんですか?」

そんな問いは無視して、丸山さんは、

「だからお前は稼げねえっていうんだよ」

と続けた。

それはいい過ぎだよ。そう思ったが、また反論するタイミングを逃してしまった。

あの強引な話し方は健在だ。丸山さんの声が聞けたことの驚きとうれしさがゴチャゴチャになって、しばらく黙って俊也は丸山さんの説教に耳を傾けた。

お前はいつまで経っても半人前だな。丸山さんは、いつものディーラー席に座って話しかけるような口調でいったのを覚えている。ディーラーとしての経験も未熟なら知識もまだまだ。自分に欠けている部分を補おうとする素直さもない。売買を判断するスピードは昔に比べれば速くなったが、恐ろしいくらいに正確さがない。

長く会っていない知り合いからの電話というものは、勝手に感傷的な気分に浸ってしまうものだ。今まで連絡をとれなかった理由が、懐かしい思い出とともに語られる。そんな期待を思い切り裏切って、丸山さんは機関銃のように俊也のディーラーとしての問題点を挙げ連ねた。

お前は人脈に広がりがないから、セールスや投資家からの信頼も薄いんだ。しかも自分から人間関係を構築していこうという謙虚さもない。そのくせ人前では威張りたがるし、プライドが高い。ミスをすればすぐにいいわけをする。要するに甘いんだよ。

突然業務中に電話してきてこんな文句をいわれれば、誰だっていい気はしないだろう。俊也も腹を立てなかったわけではない。確かに丸山さんほどうまくはないかもし

れないが、自分だって今ではチームヘッドだ。放っておいてくださいよ。そういおうとしてとどまったのは、丸山さんが、

「でもあの時は、ちょっと見直したかな」

とぼそっといったからだった。

「あの時っていつですか？」

「ほら、スパイスクルーズが格下げされた日に、ヘッジファンドとやり合ったあの時だよ」

そういうと丸山さんは、最後のディールの日、「何でですか？」と訊き返した時の俊也を引っ張り出してきた。

ヘッジファンドが買いを見送るといってきた時、俊也は理解できずに丸山さんに問い返した。なぜこの局面で、これだけのプライスを提示しているのに買ってくれないのか。はっきりとした答えを求めていたわけではなかった。自分の思いが伝わらないことがどうしても信じられなくて、思わず口から出てきた言葉だった。

なぜそんな言葉が丸山さんの心に引っかかったのか、俊也はあえては訊かなかった。ただいえるのは、丸山さんだけでなく、俊也もまたスパイスクルーズに何かを託

そうとしていたことだった。損失が増えるとか、リスク量が大きいなんていうことは頭になかった。ただ自分の出せる限りのすべてを尽くしたのに、それが伝わらない現実を受け入れたくなかった。

あの時初めて丸山さんも、ディールが終わったと実感できたのかもしれない。今となっては確認することもできない話だが。

ミキはしばらくしてノマド企画を辞め、今では先輩たちと立ち上げた広告代理店で働いている。この歳で起業を二回も経験する女なんてなかなかいないでしょ。愚痴っぽくいうことがあるが、俊也が見ている限り仕事は楽しそうだ。

充実と幸せって両立しないのよ。どこで聞いてきたのか知らないが、それが最近の口ぐせだ。仕事が充実してるなって思うと、どこかで自分は幸せじゃないんだなって感じちゃうの。仕方ないことなのかな。二人で散歩している時にそんなことをいわれると、俊也は何もいえなくなる。

確かにミキの生活は、以前にも増して仕事が中心になっていた。朝も遅いが仕事が終わる時間も遅いので、なかなか俊也と会う時間がない。たまの週末に遅めの朝食を二人でいっしょに食べることがある。あくびをしながら、ミルクをとってと手を差し出す彼女を見ていると、俊也はあの時一歩踏み出してよかったと思う。

部長の部屋から飛び出してきた日、俊也はマーケットが閉まると同時にミキに電話を入れた。何か伝えなければいけないことがあったわけではない。ただビルの間から顔を出す真っ白な雲を見ていると、どうしても彼女の声が聞きたくなったのだ。

その日はスパイスクルーズの発表した、社長交代と新たな経営計画策定が市場の話題になっていた。スパイスクルーズにもう一度チャンスをください。そんなコメントを語る新社長の顔がモニターに映し出され、株価が反転の気配を見せていた。

ミキは電話で、数日前に母が倒れたので何日か会社を休むつもりだといった。仕事で少し疲れていたのかもしれない。とりあえず今は近くの病院で診てもらっているが、少しでも長く一緒にいてあげたいのだと。

ディールの処理は、相変わらず思うように進まなかった。最大の問題は債務の継承にあった。スパイスクルーズの支援を申し入れたある企業は、債務構造を整理する道を探っていた。そのため処理の決まらない社債は、誰も手をつけられない状態が続いていた。

いつの間にかみんな遠くに行っちゃうのよね。電話の最後にいったミキの言葉がどうしても頭から離れず、気づくと俊也は家に帰る地下鉄から飛び降りていた。

「今どこにいるの？」

もう一度ミキに電話をすると、俊也は電車の音に耳をふさぎながら訊いた。

「今から会社を出るところよ」

「わかった、今行くよ」

「ちょっと待って、もうすぐ駅に向かわなくちゃいけないし。どうかしたの？」

「とにかく時間はとらせない。僕も今出たばかりだから、ちょっとだけ会社の前の交差点で待っててくれないか？」

そういうと俊也は地下鉄の階段を駆け上がり、急いでタクシーをつかまえた。

高校サッカーの最後の大会は、まったく散々な結果だった。俊也の高校は第八シードで、一次予選は軽くクリアする予定だった。初戦の相手はどう見ても格下の新設校で、二回戦も問題ない。むしろ大事なのは三回戦で当たる私立の名門校だと誰もが思っていた。

しかし結果は初戦で一対二。しかも俊也の出番は一度もなかった。あまりのあっけなさに、しばらくは何もしないで呆然と過ごした。

周囲が受験勉強に必死になっているということに気づいたのは、サッカーをやめてしばらく経ってからだった。いったいいつからこの競争は始まっていたのだろう。周りの友だちのきびきびした表情を見ると、ミキを駅まで見送った帰り道、電車のガラスに揺れる自分の姿がいつになく不安でたまらなかった。

彼女はその時、専攻をトランペットから声楽に替えるべきか悩んでいた。トランペットも面白いが、将来のことを考えると声楽のほうが可能性はあるのではないか。昔から歌うのは好きだったの。しかも倍率もそれほど高くない、それが理由のようだったが、正直いって俊也にはどうでもよかった。

——演奏会に一緒に行って欲しいの、それで本当に自分が正しいか確かめたいから。

そういう彼女の誘いが、ただただ煩わしかった。

——行けないよ。

俊也はそれだけいって家に帰ると、電話でもう一度、行けないと伝えた。そろそろ勉強しなければならないし、いつまでも遊んでいるわけにはいかない。もう時間がないんだ。

――本当に冷たいわね。

彼女はしばらくして、突き放すようにいったのを覚えている。

――好きな人ができたんでしょ。

そんな彼女の言葉が意外だったが、客観的に見ればそう解釈するのが一番理屈にあっていたのかもしれない。でもそんな人はいない。いいわけなんてどうでもよかった。ただ必要なのは、このどうしようもない不安の種を少しでも自分から遠ざけることだった。

――そんなことお前に関係ないだろ。

そういうと彼女は、

――最低ね。

といって一方的に電話を切った。それが恋人としての、彼女との最後の会話だった。

自分はミキに会って何を伝えようとしているのか。俊也は何度も、タクシーのなかで考えてみた。自分のディールのパフォーマンスを上げるために、ミキから蒔田の情報をとろうとしたこと。スパイスクルーズの分裂を押しとどめようと、独立の動きを蒔田にほのめかしたこと。

自分の利益のためにミキを利用しようとしたと責められれば、認めるしかない。ひどい男だ。これだけのことを伝えれば、友だちとしての彼女との関係を保っていくことができるか自信がなかった。でも正直に伝えなければ、これからの二人の関係も始まらない。それだけは認めたくなかった。

大手町から銀座方面に向かう道は、いつも以上に混み合っていた。ゆっくりと車の間を縫うように進むと、何度も信号で立ち止まった。

有楽町の手前で車がほとんど進まなくなると、俊也は我慢できずにタクシーを降りた。道ゆく人を何人か立て続けに追い抜くと、もしかしたらミキはもういないかもしれない、そんな不安からいつの間にか駆け出していた。

交差点に着くと、ミキの姿はすぐに確認できた。ミキは斜向かいのビルの前で辺りを見回していたが、俊也に気づくと不安そうな表情をうかべながら手をあげた。俊也は信号が青に変わるまでの間、自分が何から話せばよいか考えてみた。

蒔田のことも倒れたおばさんのことも、話さなければならないことがたくさんあった。でも何より先に伝えなければならないのは、ミキ自身の将来のことだ。そろそろ自分のやりたいことを確認する時間が必要なのではないかとミキはいった。会社に頼るわけでなく、将来を自分で判断し、自分の力で決めてみたい。今はそれができる最後のチャンスなのではないかと。会社を辞めて新しく踏み出そうとしている彼女と、もう中途半端な感情で向き合いたくなかった。

本気の勝負をしようと思ったら、自分の感情を持ち込むなよ。自分を裏切ることのできる冷たさが勝負を分けるのだから。丸山さんならそういうだろう。でもいいよと俊也は思った。レッスンはこれまでだ。絶対に自分が手放してはいけない存在に気づいた強みが自分にはある。ナイスディール。その点だけは丸山さんも認めてくれそうな気がする。

やってみろよ。自分だったらそういうだろう。一ミリでもいいから前に出ろ。胸張っていればきっとうまくいくよ。自分で決めたことは絶対にあきらめるなよ。何といわれようと、それだけは伝えるつもりだった。

ナイスディール

平成26年8月15日　第1刷発行

著　者　町　田　哲　也
発行者　小　田　　　徹
印刷所　図書印刷株式会社

〒160-8520　東京都新宿区南元町19
発　行　所　一般社団法人 金融財政事情研究会
編 集 部　TEL 03(3355)2251　FAX 03(3357)7416
販　　　売　株式会社 き ん ざ い
販売受付　TEL 03(3358)2891　FAX 03(3358)0037
URL http://www.kinzai.jp/

ISBN978-4-322-12582-5